Annemarie Parth

Die Walfische

Eine Kindheit in Südtirol vor über 100 Jahren

Druck und Vertrieb im Auftrag der Autorin/des Autors:
Buchschmiede von Dataform Media GmbH, Wien
www.buchschmiede.com

ISBN Paperback: 978-3-99129-264-7

ISBN E-Book: 978-3-99129-263-0

Covergestaltung:
Buchschmiede

Titelbild:
Großmutter Nandl mit dem kleinen Franzl

Für
Susanne
Laura
Leonie

Inhalt:

_1905_

Zenzi

Mit weit ausholenden Schritten eilte Zenzi talauswärts. Sie ließ die Enge des Pfitschtales, ihrer Heimat, hinter sich. Obwohl sie noch eine gute Stunde Fußmarsch vor sich hatte, spielte ein erwartungsvolles Lächeln um ihren Mund.

Sie sollte ihrer Schwester Liesl, die mit dem Ettlbauer verheiratet war und ihr zweites Kind erwartete, zur Hand gehen. Zenzi freute sich darauf. Sie war schon öfter beim Ettl in Tulfer gewesen und war sehr angetan von diesem großen Bauernhof.

Tulfer ist ein kleines Dorf im Pfitschtal und gehört zu Wiesen, einem Nachbarort von Sterzing.
Etwas außerhalb von Tulfer, mitten in den Wäldern, lag die Obere Leite, ein Bauernhof auf 1400 Meter Höhe, mit kargen, steilen Wiesen, zwei Kühen, Schweinen, ein paar Ziegen und einigen Hühnern im Stall.

Zenzi lebte dort in einfachsten, ärmlichen Verhältnissen. Sie war mit ihren sieben Geschwistern aufgewachsen. Als zweitälteste Tochter hatte sie immer schon fest zupacken und hart arbeiten müssen.
Ihr Bruder Karl lebte noch zu Hause bei den Eltern. Im Sommer war er als Hirte auf einer nahegelegenen Alm tätig. Zenzis Schwester Julie war Kellnerin in Gasteig. Mena, die jüngste Schwester, hatte eine Stelle als Magd bei einem Bauern im Pfitschtal. Moidl und Anna waren in Sterzing. Sie arbeiteten beide im Gasthof Maibad.

Nicht nur der Ettlhof mit seinen saftigen, sanften Feldern und dem großen Stall lockte Zenzi, sondern auch die Nähe zu Wiesen und zu Sterzing. Sie war schon einige Mal in Sterzing gewesen. Seither träumte sie von den gepflasterten Straßen, von den

stattlichen Bürgerhäusern und von den vornehmen Geschäften unter den Lauben.
So schritt Zenzi in diesem Frühjahr 1905 mit ihrem Rucksack, in dem sie ihre Habseligkeiten verstaut hatte, erwartungsvoll ihrer neuen Zukunft entgegen.

***

Der Sommer ging dem Ende zu. Liesl hatte ihr zweites Mädchen zur Welt gebracht und schaffte schon wieder auf dem Hof. Zenzi hatte bei der Heuernte mitgeholfen und von früh bis spät im Stall und im Haus gearbeitet. Aber sie wusste, dass ihre Hilfe nicht mehr so dringend benötigt wurde.

Alle paar Wochen kam ihre Mutter, die Nandl, zu Besuch auf den Ettlhof. Sie brachte Eier, Speck und Käse mit. Liesl sollte die Lebensmittel auf dem Markt in Sterzing verkaufen.
Die Nandl erzählte von zu Hause, vom Vater und von Karl. Zenzi freute sich, wenn sie vom Hof, ihrer Familie und von den Tieren erzählen hörte, aber sie wollte nicht mehr zurück auf den abgeschiedenen Leitnerhof. Sie träumte von einem Leben in einem Bürgerhaus und sie wollte auch so elegante Kleider mit modischen Hüten und so feine Lederschuhe besitzen, wie sie sie in den Auslagen der Geschäfte in Sterzing gesehen hatte.

Manchmal begleitete sie ihre Schwester Liesl, die auf dem Markt in Sterzing die Produkte ihres Hofes verkaufte. Zenzi war jedes Mal voller glücklicher Erwartung, sodass ihr der weite Fußmarsch und der vollgepackte Korb, den sie auf dem Rücken trug, keine Mühe bereiteten.

An ihrem Marktstand bot sie mit einem freundlichen Lächeln die Waren an und freute sich über das Geld, das sie ihrer Schwester, der Ettlbäuerin, aushändigen konnte.

Auf dem Nachhauseweg ging ihr der Mund über, so viel wusste sie zu erzählen. Sie sprach über die nobel gekleideten Frauen, über die Kutschen, die mit lautem Geklapper von den Rossen über das

Kopfsteinpflaster gezogen wurden. Für Zenzi waren die Markttage immer wieder ein besonderes Erlebnis, von dem sie wochenlang zehrte.

***

Im Herbst kam der Scherenschleifer Martl auf den Hof und übernahm das Schärfen der Sensen, Scheren und Messer.
Er stammte aus dem Trentino, kam viel im Land herum und wusste so manches zu erzählen.

Zenzi suchte, wenn sie ein wenig Zeit hatte, seine Nähe, um seine Geschichten zu hören. Er war im ganzen Eisacktal unterwegs und kannte sogar Brixen und Bozen. Er sprach von den reichen Weinbauern in der Bozner Gegend, von den großen Höfen und den ausgedehnten Weinbergen.
„Willst du bei einem Bauern in Stellung gehen?“, fragte er. „Ich wüsste einen Burgherrn in Bozen, der auf der Suche nach einer fleißigen Magd ist.“
Bozen – so eine weite Fahrt konnte sich Zenzi kaum vorstellen. Aber zugleich lockte sie die Aussicht, bei einem Herrn auf einer Burg arbeiten zu dürfen.
„Ich muss zuerst den Vater um Erlaubnis fragen, aber arbeiten möcht' ich schon dort“, meinte sie.
Der Scherenschleifer bemerkte ihre Entschlossenheit: „Du machst das schon, Gitsche. Musst dich aber dranhalten, nach Allerheiligen kann die Stelle leicht weg sein.“

***

Dieses Gespräch ging Zenzi nicht mehr aus dem Sinn. Einige Tage vor Allerheiligen, es war ein kalter Herbsttag und auf den Bergen lag bereits Schnee, stapfte sie den steilen Waldweg zum Leitnerhof hinauf. Sie war fest entschlossen, die Stelle in Bozen anzunehmen, und wollte das ihrem Vater mitteilen. Ein wenig Angst hatte sie vor diesem Gespräch, denn ihr Vater duldete in manchen Dingen keinen Widerspruch. Aber sie – die Zenzi – hatte immer schon ihren Kopf durchgesetzt. Sie war bekannt als der Sturkopf unter den „Leitnerischen“.

Trotz der eiskalten Luft schwitzte sie, keuchend stand sie vor dem kleinen Elternhaus. Sie war die letzte halbe Stunde mit schnellen Schritten bergauf geeilt.
Sie musste sich bücken, als sie durch die niedrige Haustür in den finsteren Gang trat. Alles war ihr vertraut, die dunklen Holzwände, der ausgetretene Dielenboden und die enge Stiege, die ins obere Stockwerk führte. Doch obwohl dies ihre Heimat war, wünschte sie sich nichts sehnlicher, als der Enge dieses Tales und der Einfachheit auf dem Berghof zu entfliehen.

Sie hörte ihre Mutter in der Küche werkeln. Entschlossen trat sie ein und beobachtete, wie die Nandl am Herd einen Erdäpfelwirler zubereitete. Auf dem Tisch stand ein Krug mit frischer Milch.

Der Vater saß auf der Eckbank und blickte Zenzi überrascht an.
„Ist beim Ettl gar schon Allerheiligen?“, fragte der Leitnerbauer mit einem verschmitzten Lächeln.
„Nein, nein“, erwiderte Zenzi und setzte sich an den Küchentisch.
„Ist aber wohl nichts passiert?“, meinte die Mutter mit einem fragenden Blick.
Zenzi überlegte kurz, dass es wohl das Beste sei, gleich zur Sache zu kommen und zu sagen, warum sie so überraschend heimgekommen war.
„Der Liesl geht's gut und sie braucht mich im Winter nicht mehr. Ich hätt' eine Stelle als Magd in Bozen bei einem Weinbauern in Aussicht. Da möcht' ich hingehen.“
So, jetzt hatte sie es ausgesprochen.
Fast ein wenig trotzig klang ihre Stimme. Dass es sich beim Weinbauern um einen Burggrafen handelte, behielt sie wohlweislich für sich. Sie wusste, dass der Vater nicht viel von den sogenannten „hohen Herren“ hielt.

Dem Leitnerbauern gefiel seine Tochter. Sie war groß gewachsen und kräftig. Dicke braune Zöpfe fielen auf ihre Schultern. Er

wusste, dass sie in der Fremde arbeiten musste, weil sein karger Hof keine große Familie ernähren konnte.
Bedächtig und ernst überlegte er: „Freilich Zenzi, du hast ja recht. Hier auf dem Hof ist kein Auskommen für alle. Ich hoffe, du hast dir den Schritt gut überlegt. Ist halt weit weg von uns und oft werden wir dich dann nicht mehr sehen."
Zenzi war etwas überrascht über die Reaktion ihres Vaters. Sie sah, wie sich ihre Mutter dem Herd zuwandte, um den Erdäpfelwirler zu wenden. Und sie wusste, dass diese bei dem Gedanken, dass ihre Tochter so weit fort wollte, feuchte Augen hatte. Auch Zenzi fühlte, dass ihr die Tränen kamen. Sie drehte sich eilig um und goss sich eine Schale Milch ein.

Die Nandl stellte den Wirler in die Mitte des groben Holztisches. Schweigend aßen sie aus der großen Pfanne. Zenzi war zwar hungrig, aber sie brachte kaum einen Bissen hinunter. Ein dicker Kloß steckte in ihrem Hals. Der bevorstehende Abschied von ihrer Familie fiel ihr doch nicht so leicht, wie sie gemeint hatte.

Der Vater erkundigte sich nach dem Leben auf dem Ettlhof und nach ihrer neuen Arbeitsstelle.
Ihre Mutter meinte nur: „Bleib' immer anständig, Zenzi. Tue recht und scheue niemand. Arbeite fleißig und mach uns keine Schande."

1906

Der Burgherr

Bereits über ein halbes Jahr arbeitete Zenzi in Bozen. Ihr Leben spielte sich aber nicht auf der Burg, sondern in einem naheliegenden Wirtschaftsgebäude ab. Im Winter hatte sie in der Küche beim Kochen und auch im Haus geholfen, zeitig im Frühjahr begann die Arbeit in den Weingärten. Zenzi erledigte alles mit viel Freude.

Sie kam zwar kaum hinunter nach Bozen, aber der stattliche Hof und der weite Blick über das Bozner Becken stimmten sie glücklich. Die schwere Arbeit fiel ihr leicht, die war sie ja von daheim gewohnt.

Die Herrin war streng und wortkarg und es war schon als Lob zu werten, wenn sie nichts zu bemängeln hatte. Deshalb freute sich Zenzi, dass sie nun in der wärmeren Jahreszeit häufiger im Freien arbeiten durfte.

Ferdinand, der Burgherr, war ein angesehener Mann, großgewachsen und herrschaftlich. Er hatte pechschwarze Haare und trug einen elegant gezwirbelten Schnurrbart. Trotz seines noblen Aussehens arbeitete er wie ein gewöhnlicher Bauer in den Weinbergen und auf den Feldern mit.
Zenzi spürte sein Wohlwollen. Manchmal half er ihr wie unabsichtlich bei der Arbeit, nahm ihr eine schwere Last ab oder reichte ihr ein besonders großes Stück Brot, wenn er das Essen in den Weinbergen austeilte. Mit versteckter Freude nahm sie seine Blicke wahr, die immer wieder auf ihr ruhten.

Jeden Morgen flocht sie ihre dicken Zöpfe mit großer Sorgfalt und in der Früh war sie die erste in der Küche, um die Milchsuppe vorzubereiten. Wenn sich dann der Burgherr an den Tisch setzte, servierte sie ihm das Essen und er teilte ihr die Arbeit zu.

***

Zenzi rannte über den Feldweg in Richtung Hof. Ihre Zöpfe waren gelöst, ihre Wangen gerötet. Im Haus traf sie niemanden an und so hastete sie verstört in ihre Kammer. Sie blieb schwer atmend stehen. Ein leichter Schwindel hatte sie erfasst. Sie lehnte sich an die Tür und versuchte, wieder zu Atem zu kommen und in ihrem Kopf zu ordnen, was Unvorstellbares gerade geschehen war.

Auf dem oberen Weinberg knapp hinter dem Hof hatte sie alte vertrocknete Triebe abgeschnitten. Dabei war sie mit dem

scharfen Messer abgerutscht und hatte sich in den Handballen geschnitten.
Mit einem Aufschrei hatte sie das Messer fallengelassen. Während sie die blutende Wunde mit ihrer Arbeitsschürze trocken tupfte, eilte Herr Ferdinand herbei.
„Hast dir etwas getan, Zenzi?“, rief er besorgt, kniete sich neben sie und besah sich die Wunde.
„Das ist nicht schlimm“, beruhigte er sie. Er lächelte ihr zu und band sein Schnäuztuch fest um ihre Hand. Er ließ ihre Hand aber nicht los, packte Zenzi bei der Hüfte und zog sie zu Boden. Dann lag er auf ihr, kein Mensch weit und breit, mitten im Weinberg auf dem erdigen Boden. Und sie hatte es geschehen lassen.

Wenn sie jetzt daran dachte, trieb es ihr die Schamröte ins Gesicht. Sie ging zur Waschschüssel, goss Wasser ein und wusch sich. Immer wieder benetzte sie ihre Wangen mit kühlendem Wasser, als könnte sie damit das gerade Geschehene verjagen.

Aber es war eingetreten, was sie zwar in Aufruhr versetzte, aber im Geheimen doch gehofft hatte – Ferdinand erwiderte ihre Gefühle.

Ihre Gedanken überschlugen sich. Sie wusste, sie musste wieder zu ihrer Arbeit. Schnell trocknete sie ihr Gesicht, flocht die Zöpfe neu und steckte sie im Nacken zusammen. Dann band sie noch schnell ein Stück Linnen um die Wunde an ihrer Hand und eilte zurück aufs Feld.

Sie war froh, dass sie niemandem begegnete, denn sie fürchtete, man hätte ihr ansehen können, was soeben passiert war.

***

Ein mildes Frühjahr zog ins Land. Die Arbeit war schwer, aber Zenzi erlebte diese Zeit wie in einem Höhenflug. Ferdinand wusste es immer wieder einzurichten, dass er sich mit ihr traf. Sie begehrte ihn und sie wurde von ihm begehrt. Sie spürte es bei jeder Berührung, bei jedem Blick, den er ihr zuwarf. Ihre geheimen Treffen waren immer wieder voller Liebe und Erfüllung. Sie sprachen nie von der Zukunft, aber Zenzi war sich sicher, dass Ferdinand zu ihr stehen würde.

Der Sommer war heiß und beschwerlich. Zenzi fühlte sich in der drückenden Hitze, die sie von daheim nicht gewohnt war, matt und abgeschlagen. Ihre Beine schmerzten und am Abend fiel sie todmüde ins Bett.

Als sie sich eines Morgens in der Kammer wusch, bemerkte sie, dass Frieda, die Magd, mit der sie das Zimmer teilte, sie musterte und wissend fragte: „Bist vielleicht in der Hoffnung, Zenzi?"
„Was du immer daherredest, so eine Spinnerei! Schau lieber auf dich, du dumm's Weibsbild!"
Doch als sie sich an die vielen Liebestreffen mit Ferdinand erinnerte, ahnte sie, warum sie sich so matt fühlte, was dieses Ziehen in der Brust bedeutete, warum sie nicht mehr unwohl war.
Und jetzt war es ausgesprochen. Und sie wusste, dass Frieda recht hatte – sie war guter Hoffnung.

***

Den ganzen Tag über musste sie daran denken, was diese Tatsache für sie bedeutete. Sie war bisher überzeugt gewesen, dass Ferdinand zu ihr stehen würde. Aber plötzlich zweifelte sie. Sie wurde zornig wegen ihrer naiven Gutgläubigkeit und ärgerte sich über ihre eigene Dummheit.

Endlich war das Abendessen vorbei. Sie räumte die Küche auf und sobald es dunkel wurde, eilte sie zur Scheune hinter dem Stall. Meistens wartete ihr Geliebter schon auf sie. Aber heute war sie als erste dort.
Als Ferdinand kam, setzte er sich neben sie und wollte sie umarmen.
Doch sie wehrte ihn ab und eröffnete ihm: „Ich bin in der Hoffnung!"

Ferdinand erhob sich abrupt, kein Wort kam über seine Lippen.
„Ich krieg' ein Kind von dir, du musst mich heiraten“, stieß Zenzi verzweifelt hervor.
„Was du daherredest! Du weißt doch, dass ich verheiratet bin und drei Buben habe“, erwiderte Ferdinand
„Das fällt dir aber spät ein“, schluchzte Zenzi und rannte in die Dunkelheit hinaus.

Sie hetzte durch die Weinberge, bis sie nicht mehr konnte. Tränen liefen ihr über die Wangen. Erschöpft setzte sie sich zwischen die grünen Rebstöcke. Sie war verzweifelt und ratlos. Wie sollte es weitergehen? Was sollte sie mit einem ledigen Kind tun, einem Pankert? Konnte sie weiterhin hierbleiben oder würde sie die Herrin in Schimpf und Schande davonjagen? Wohin sollte sie denn? An wen sollte sie sich wenden? Was würden ihre Eltern sagen?
Sie fand keine Antwort auf all ihre Fragen.

***

Die Ernte war vorbei. Man hatte Erntedank gefeiert, zuerst in der Kirche, dann gab es ein Festessen auf dem Hof.

Für Zenzi war es eine belastende Zeit gewesen. Ferdinand ging ihr aus dem Weg. Sie bekam ihn kaum noch zu Gesicht, was sie unendlich kränkte. Er hatte nie wieder über die Schwangerschaft gesprochen, als wäre das Ganze nie passiert. Ob seine Frau etwas ahnte, wusste sie nicht.

Doch einige Tage nach der Erntedankfeier, als Zenzi allein in der Küche arbeitete, kam Ferdinands Frau und erklärte kurz und bündig: „Der Burgherr hat einen neuen Dienst für dich gefunden. Du wirst zu Allerheiligen beim Notar Schweigl in Bozen eingestellt. Du sollst dort als Hausmädchen dienen. Die Arbeit ist nicht so hart wie bei uns. Das ist in deinem Zustand besser für dich und das Kind!“

Zenzi war bestürzt und brachte anfänglich kein Wort über die Lippen.
Sie war zu aufgewühlt und gekränkt.
Aber dann brach es aus ihr heraus: „Ihr wisst aber schon, dass das Kind, das ich erwarte, von eurem Herrn Gemahl ist?"

Verzweifelt rannte sie aus der Küche. Sie wusste nun, dass sie mit ihrem Problem ganz allein fertig werden musste. Es gab niemanden, dem sie sich anvertrauen konnte, keinen, der ihr helfen würde.

***

Ohne noch einmal mit Ferdinand sprechen zu können, verließ sie zu Allerheiligen den Hof. Mit ihrem Kind im Bauch und dem schweren Bugglkorb auf dem Rücken machte sie sich auf den Weg hinunter nach Bozen. Nach einigem Suchen fand sie das herrschaftliche Haus des Notars.

Frau Schweigl, die vornehme Gemahlin des Notars, musterte sie von oben bis unten. Sie bemerkte, dass Zenzi gesund und kräftig war, und sie wusste, dass die Mädchen vom Land folgsam und fleißig waren.
„Ich muss dir aber sagen, dass du dein Kind, nachdem du niedergekommen bist, in unserem Haus nicht behalten kannst. Du musst dir einen Platz suchen, wo du es ausstatten kannst", stellte sie klar.

Dann führte sie Zenzi in ihre Kammer. Diese verstaute ihre Habseligkeiten im Schrank, zog ihre Jacke aus, band sich die Schürze um und begann ihre Arbeit als Hausmagd.

Schon früh am Morgen mussten die Öfen in der Kanzlei des Hauses beheizt werden. Anschließend feuerte sie den Barockofen im Salon und den Herd in der großräumigen Küche an. Das Holz und die Kohlen holte sie aus dem Keller und schleppte sie in die oberen Stockwerke.

Zu ihren Arbeiten gehörte auch das Bürsten der Holzböden. Das Stiegenhaus und den Eingang musste sie auf Knien sauber schrubben. Außerdem ging sie zum Einkaufen, kochte und führte den Haushalt.

Zenzi war fleißig. Schon frühmorgens, wenn es draußen dunkel und im Haus noch ruhig war, begann sie ihr Tagwerk. Nur selten bekam sie den Notar, einen vielbeschäftigten Mann, zu Gesicht.

Sie stellte schnell fest, dass sie einen guten Arbeitsplatz bekommen hatte. Die Herrschaften waren freundlich zu ihr und Frau Schweigl erkundigte sich wiederholt nach Zenzis Befinden.

Sie war mit dem Hausmädchen sehr zufrieden und vor Weihnachten stellte sie noch eine Magd ein, um Zenzi ein wenig zu entlasten. Die Marei war ein schüchternes, junges Ding. Sie sollte Zenzi zur Hand gehen und sie dann während des Wochenbetts vertreten.

***

Bereits vor Allerheiligen hatte Zenzi ihrer Schwester Julie in einem Brief mitgeteilt, dass sie eine neue Stelle in Bozen antreten würde. Den wahren Grund für den Stellenwechsel hatte sie wohlweislich nicht erwähnt.

Julie arbeitete als Bedienung in Gasteig, einem Nachbarort von Sterzing. Immer wieder einmal besuchte sie ihre Schwestern Moidl und Anna im Gasthof Maibad. So erfuhr sie stets das Neueste von ihren Eltern und Geschwistern.

In ihrem letzten Brief hatte Julie der Zenzi geschrieben, dass Mena, die jüngste Leitnertochter, nach Hause zurückgekehrt sei. Von einem Knecht auf dem Bauernhof, wo sie als Magd gearbeitet hatte, habe sie ein Kind bekommen,

Julie erzählte weiter, dass der Vater sehr verärgert gewesen sei und ordentlich geschimpft habe und dass Mena nun mit ihrem kleinen Buben bei den Eltern auf dem Leitnerhof lebe.

Daraufhin hatte Zenzi Julie mitgeteilt, dass auch sie bald niederkommen werde. Sie bat Julie, dies vorerst für sich zu behalten und ihren Schwestern und vor allem den Eltern nichts davon zu erzählen.

Sie hatte Julie auch gebeten, Taufpatin für ihr Kind zu sein. Weiters sollte sie sich umhören, ob sie nicht einen geeigneten Platz wüsste, wo sie ihr Kind in Pflege geben könnte, denn es sei nicht möglich, ihr Kind im Hause des Notars aufziehen.

1907

Das ledige Kind

Zenzi blickte voller Mutterliebe auf das Neugeborene neben ihr im Bett. Es war ein kräftiger Bub mit rosigen Wangen, blauen Augen und schwarzen Haaren. Er war eingeschlafen. Zenzi fühlte sich im Wochenbett von Gott und der Welt verlassen und allein. Wie sollte es nun weitergehen mit ihr und dem Kind?

Die freundliche Gattin des Notars, Frau Schweigl, hatte Julie nach der Niederkunft telegraphiert, dass Zenzi einen gesunden Buben zur Welt gebracht hätte und dass er am kommenden Sonntag in der kleinen Kapelle des Krankenhauses getauft werden sollte.

Zenzi war bewusst, dass sie der gütigen Frau Schweigl sehr zu Dank verpflichtet war. Die Frau des Notars kümmerte sich um sie und hatte ihr Windeln, Hemdchen, Hauben und eine warme Decke für das Kind geschenkt.

Zenzi hatte sonst niemanden in Bozen und sie wusste nicht, wie sie ganz alleine zurechtgekommen wäre.

***

Julie besuchte Zenzi im Krankenhaus, wo in der Kapelle die Taufe stattfinden sollte.
Der Bub wurde auf Zenzis Wunsch auf den Namen Franz Josef getauft. Das war der Name Kaiser Franz Josephs, den sie einmal in einer Illustrierten abgebildet gesehen hatte. Der Kaiser gefiel ihr und sie dachte, dass dieser Name auch für ihren Sohn besonders gut passen würde.

Und so wurde der Bub in der eiskalten Kapelle auf den Namen des Kaisers getauft. Es war eine kurze, einfache Zeremonie, bei der auch noch vier weitere Kinder an diesem Sonntag im Februar 1907 ihre Namen erhielten.

Julie hatte nach längerem Suchen einen Platz gefunden, wo Zenzi ihren Buben unterbringen konnte. Es war ein kleiner Bergbauernhof oberhalb von Brixen. Zenzi bat ihre Schwester, sie dorthin zu begleiten. Und so kamen sie überein, sich in zwei Wochen in Brixen zu treffen.

***

Am vereinbarten Tag trafen sie fast zeitgleich auf dem Brixener Bahnhof ein. Zenzi trug ihren Buben, eingehüllt in eine Decke, auf dem Arm. In der Hand hielt sie einen Korb mit Windeln, Kleidung und dem Fläschchen für das Kind.

Die beiden Frauen machten sich auf den Weg. Nach einem anstrengenden Fußmarsch kamen sie zum entlegenen Außererhof, einer ärmlichen Behausung, in der die Familie mit ihren sechs Kindern lebte. Die Bäuerin, eine abgehärmte Frau, hatte vor drei Monaten selbst ein Kind geboren und war bereit, noch ein Kind zu stillen und aufzuziehen.

Im Innersten zweifelnd musterte Zenzi den heruntergekommenen Hof. Der Verputz bröckelte und das Dach hing bedenklich schräg nach unten. In der ärmlichen Stube stapelte sich die Schmutzwäsche. Doch sie hatte keine Wahl, ob sie wollte oder nicht, sie musste ihr Kind hierlassen.

Bevor sie aufbrach, stillte sie leise weinend ihren Franzl und übergab ihn dann schweren Herzens der Bäuerin. Ohne große Gefühlsregung nahm ihr diese den Buben ab und Zenzi drückte ihr die vereinbarten Kronen für die nächsten drei Monate in die Hand.

Zenzi und Julie machten sich im Eilschritt auf, um rechtzeitig zurück zum Bahnhof zu kommen.
„Ich bin mir nicht sicher, ob das der richtige Platz für meinen Buben ist", zweifelte Zenzi.
„Das wird schon passen! Ich habe nichts Besseres gefunden. Wenn ich das nächste Mal einen freien Tag habe, werde ich nach dem Franzl schauen", versprach Julie.

Am Bahnhof von Brixen trennten sich ihre Wege. Julie fuhr in Richtung Sterzing, Zenzi nach Bozen zum Haus des Notars.

Auf der Heimfahrt spürte Zenzi, wie die Muttermilch ihre Brust füllte. Ein schmerzhaftes Spannungsgefühl machte sie darauf aufmerksam, dass sie eigentlich ihr Kind stillen müsste.
Sie wusste, was jetzt auf sie zukommen würde. In ihrer Kammer angekommen musste sie ihre Brust durch kühlende Kompressen, Wickel und straffes Hochbinden beruhigen.
Sie war müde von der anstrengenden Reise, aber ihre schmerzende Brust hinderte sie am Einschlafen. Dazu plagte sie ihr schlechtes Gewissen, weil sie ihr Kind in diesem verwahrlosten Haus zurückgelassen hatte. Erst gegen Morgen fiel sie in einen unruhigen Schlaf.

***

Sechs Wochen waren vergangen, als Julie nach Brixen fuhr und zum Außererhof hinaufstieg, um nach dem kleinen Franzl zu sehen. Als sie den Hof erreichte, erblickte sie die Kinder, die barfuß und verdreckt in den schmutzigen Pfützen herumtollten. Auf der Bank vor dem Haus stand ein Wäschekorb.

Bei näherem Hinsehen entdeckte sie das Kind, das darin lag. Sie erkannte sogleich den kleinen Franzl, aber sie erschrak, wie blass kraftlos der Bub aussah. Er hatte zwar immer noch seine schwarzen Haare, aber sein Gesichtchen war fahl und eingefallen und er gab keinen Ton von sich. Julie nahm den Kleinen aus dem Korb. Schlaff lag er in ihren Armen. Das Kind fühlte sich eiskalt an, seine Windeln waren durchnässt und ein übler Geruch stieg ihr in die Nase.

Die Bäuerin kam heraus und grüßte unwirsch.
Julie war außer sich: „Du lässt den Franzl ja verhungern! Schau doch, wie das kleine Würmlein ausschaut!“
„Dem geht's nicht schlecht! Das ist halt ein schwaches Hascherle. Aus meinen Kindern ist auch etwas geworden.“, maulte sie zurück.
Die Kinder standen mit offenen Mündern vor den beiden Frauen.
„Hol ihm die Flasche“, befahl die Bäuerin ihrer ältesten Tochter. Das Mädchen stolperte ins Haus.

Julie wusste sich keinen Rat. Ihre Gedanken überschlugen sich. Sie sah, wie unterernährt und verwahrlost der Kleine war. Auf einer Seite des Kopfes fehlten fast alle Haare und ihr schien, das Köpfchen sei eingedrückt. Das Kind hatte wohl immer nur auf derselben Seite gelegen. Eines stand fest: Hier konnte sie den Franzl keine Minute länger lassen.

Inzwischen kam das Mädchen mit der Flasche. Julie hielt den Buben auf dem Schoß, er lag teilnahmslos in ihrem Arm. Er konnte kaum den Kopf halten, dazu war er wohl zu schwach. Julie gab ihm das Fläschchen, in dem mehr Wasser als Milch war. Er saugte nur wenig, dann schlief er wieder erschöpft ein.

Julie wusste, dass sie handeln musste. Sie ärgerte sich über die Entscheidung Zenzis, die in ihrem Stolz das Kind nicht nach Tulfer zu den Großeltern, sondern zu fremden Leuten gegeben hatte.

Das Wichtigste war jetzt, dass sie den Franzl von hier wegbringen musste. Sie war die Gotl, sie fühlte sich verantwortlich. Und sie machte sich selbst den Vorwurf, dass sie diesen unseligen Platz für das Kind vermittelt hatte.
Und das sagte sie auch der Bäuerin. Sie verlangte frische Windeln. Als sie Franzl die nasse Windel abnahm, bemerkte sie, dass er sich wundgelegen hatte.
Sie legte ihn trocken, wickelte ihn in eine Decke und machte sich auf den Weg. Ihr Entschluss stand fest, sie würde ihn, sei wie es sei, zu ihren Eltern auf den Leitnerhof bringen.

Auf der Zugfahrt nach Sterzing blickte sie voller Sorge auf das Kind. Ein paar frühlingshafte Sonnenstrahlen fielen durch das Fenster auf das blasse Gesichtchen.
„Mei, du Heiterle, du wirst mir doch wohl nicht sterben", regte sich bei Julie wieder das schlechte Gewissen.

Am Sterzinger Bahnhof angekommen, eilte sie mit dem Kind auf dem Arm nach Wiesen. Dort verweilte sie ein paar Minuten in der Kirche und erbat sich mit einem Vaterunser den Segen für den kleinen Franzl. Dann setzte sie den anstrengenden Weg zur Oberen Leite in Tulfer fort.

In der Stube traf sie ihre Mutter Nandl und ihre Schwester Mena an. Die Nandl schüttelte nur ungläubig den Kopf, als sie Julie mit dem Kind erblickte und die traurige Geschichte erfuhr.
„Du hast ein gutes Herz und hast alles richtig gemacht. Ich bin froh, dass du den Buben zu uns gebracht hast", lobte sie ihre Tochter.
„Aber die Zenzi versteh' ich bei Gott nicht. Wie kann sie das Kind zu wildfremden Leuten geben und sich dann nicht mehr darum kümmern?", fügte sie kopfschüttelnd hinzu.

Sofort machte sich Mena daran, für das Kind ein Milchpapperl zu richten. Die Nandl wusch das Kind in einer Schüssel mit warmem Wasser, dann schmierte sie seine wunden Stellen mit Ringelblumensalbe ein.

Julie musste wieder nach Gasteig zurück zu ihrer Arbeit. Auf dem Weg talauswärts war ihr leichter ums Herz. Sie wusste, dass sie das Richtige getan hatte. Und gleich am nächsten Tag wollte sie der Zenzi alles schreiben.

Mena, die ihren Steffl noch stillte, hatte zuerst versucht, den Kleinen an ihre Brust anzulegen. Aber der Bub war zum Saugen zu schwach. So flößten die beiden Frauen dem geschwächten Kind immer wieder ein paar Tropfen vom Papperl ein. Als Franzl erschöpft einschlief, wiegten sie ihn in ihren Armen. Sie versuchten geduldig, ihn immer wieder zu füttern. So gelang es ihnen, den Buben nach und nach wieder zu Kräften zu bringen.

***

Franzl lag satt und mit einer Wärmflasche, die mit einem Tuch umwickelt war, im großen Bett in Menas Kammer. Die Nandl hatte ihn auf die rechte Seite gebettet, ihm die Wangen gestreichelt und geduldig gewartet, bis er eingeschlafen war. In der Wiege daneben schlief Menas Bub, der Steffl, der acht Wochen älter war.

Als der Leitnerbauer und sein Sohn Karl am Abend müde vom Holzen heimkamen, setzten sie sich an den Küchentisch. Wortlos aßen sie. Die Bäuerin fand nicht die richtigen Worte, um von Julie, Zenzi und dem kleinen Franzl zu berichten, und so verschob sie es auf den nächsten Tag.

Doch auch an den darauffolgenden Tagen ergab sich keine passende Gelegenheit für dieses Gespräch. Die Bäuerin fürchtete den Zorn des Bauern und wie hätte sie erklären sollen, warum sie nicht schon früher alles erzählt hätte?

So blieb es ein stummes Einverständnis zwischen den beiden Frauen, dass, wenn der Bauer und Karl daheim waren, immer nur ein Kind in der Küche gefüttert oder gewaschen wurde.

Das war auch nicht sehr schwierig, denn Franzl war ein Kind, das kaum quengelte oder weinte. Aber es war eine Freude zuzuschauen, wie prächtig sich der Bub entwickelte. Das nahrhafte Milchpapperl und die gute Pflege taten ihm gut. Er bekam volle Wangen mit rosiger Haut und auf der linken Kopfseite sprossen bereits wieder dunkle Haare. Mit seinen blauen Augen blickte er wach um sich. Wenn jemand zu seinem Bett kam, streckte er die Arme und hob den Kopf.

Die Nandl und Mena kümmerten sich liebevoll um ihn und gaben ihm die Zuwendung, die er in seinem kurzen Leben bisher nicht erhalten hatte. Jede Nacht schlief er bei Mena im Strohbett und wärmte sich an ihrem weichen Körper.

***

An einem Sonntagnachmittag saß Mena mit ihrem Steffl auf der Bank vor dem Haus, Franzl schlief in Menas Kammer. Der Leitnerbauer setzte sich zu den beiden und rauchte seine Pfeife. Steffl saß auf Menas Schoß. Der Bauer ergriff seine Händchen und freute sich, wenn der Bub vor Freude jauchzte. Er setzte dem Kleinen seinen Hut auf und Steffl zog ihn immer wieder von seinem Köpfchen.
„Ja, ja, der Steffl, das wird einmal ein richtiger Bauer“, stellte der Großvater lächelnd fest.

Vor dem Abendessen kam der Bauer in die Küche, als Mena gerade Franzl wickelte. Mena stellte sich vor das Kind, aber der Bauer erhaschte einen Blick auf den Buben. Er sah, dass dieses Kind viel kleiner und dunkelhaarig war, während Steffl fast weißblonde Haare hatte.
Der Bauer tat, als hätte er nichts bemerkt, sagte auch kein Wort, aber aus den Augenwinkeln beobachtete er die beiden Frauen

ganz genau. Ihm kam es etwas eigenartig vor, dass Mena den Buben schnell wieder aus der Küche hinaustrug. Er bemerkte auch, dass eines der beiden Weiber immer wieder in der oberen Kammer zu tun hatte.

Als Mena nach dem Abendessen den Tisch abräumte, fragte er frei heraus: „Und von wem ist dann das zweite Kind, das schwarzhaarige?“
Mena erschrak, doch die Bäuerin war irgendwie erleichtert, dass es nun heraußen war, und sie erwiderte, als wäre alles selbstverständlich: „Das ist der Franzl, der Bub von der Zenzi.“

„Ach, Franzl heißt das arme Würmlein, wohl auch ledig“, stellte der Bauer nicht allzu erfreut fest. Die Bäuerin nickte stumm.
„So, so. Ich hab' gar nicht gewusst, dass ich zwei so dumme Gitschen hab, die sich ein lediges Kind anhängen lassen. Aber auf dem Leitnerhof werden auch zwei Buben satt“, brummelte er in seiner ruhigen Art.

Dann zündete er sich stoisch seine Pfeife an und verlor kein weiteres Wort über die Sache. Die Nandl und Mena waren heilfroh, dass die Heimlichtuerei endlich ein Ende hatte.

***

Der Sommer brachte viel harte Arbeit für die Bergbauern. Karl war schon wieder auf der Alm. Daher musste Mena auf dem Feld bei der Heuernte mitarbeiten.
Die Nandl führte im Haus die Wirtschaft. Sie kochte, versorgte die beiden Buben und fütterte das Vieh im Stall. Wenn sie zu Mittag das Essen auf das Feld brachte, setzte sie die beiden Kinder in den Leiterwagen und fuhr mit ihnen hinaus.

Unterschiedlicher hätten die beiden Buben nicht sein können. Steffl war sehr hellhäutig, hatte blaue Augen und fast weißblonde Haare. Franzl war von der Sonne gebräunt und seine dunklen

Locken umrahmten sein ernstes Gesicht. Steffl war der ältere und er war daher auch um einiges größer als der zartgliedrige Franzl.

Am Hohen Frauentag im August kam Zenzi zu einem Besuch auf den Leitnerhof.
„Hast dich aber lang nicht mehr daheim sehen lassen", bemängelte der Vater.
Mehr Worte verlor er nicht darüber. Und obwohl er ihr keine Vorwürfe machte, war Zenzi dennoch klar, dass er nicht damit einverstanden war, wie sie gehandelt hatte.

Mena erzählte, wie es um den kleinen Franzl gestanden hatte, als Julie ihn auf den Leitnerhof brachte.
„Wir haben geglaubt, dass er sterben könnte! Er war so ein armes Hascherl."
Als sie davon sprach, bekam sie feuchte Augen.

Zenzi betrachtete ihren Buben und konnte das alles gar nicht glauben. Sie sah, wie lebhaft und fröhlich er strampelte und sie mit großen Augen aufmerksam anblickte. Er war ein stilles, ernsthaftes Kind.
Sie nahm ihren Sohn auf den Schoß, aber er war ihr fremd. Sie glaubte eine Ähnlichkeit mit dem Burgherrn Ferdinand zu erkennen und war fast froh, als sie sich am Nachmittag wieder auf den Weg nach Bozen machen konnte.

1908

Der Kindsvater

Und so verging über ein Dreivierteljahr, bis Zenzi wieder einmal nach Tulfer auf den Leitnerhof kam. Franzl konnte inzwischen laufen, er und Steffl entwickelten sich prächtig und der Leitnerbauer hatte seine Freude an seinen beiden Enkelkindern.

Zenzi war gekommen, um Franzl für ein paar Tage nach Bozen mitzunehmen.
Nach dem Mittagessen nahm sie das Kind auf den Arm und machte sich auf den Weg nach Wiesen. Von dort ging es zu Fuß nach Sterzing und dann fuhr sie mit der Eisenbahn weiter nach Bozen. Franzl war brav und ruhig. Er saß auf ihrem Schoß und schlief dicht an sie geschmiegt.

Im Haus ihres Arbeitgebers, des Notars, nahm sie ihn mit in ihre Kammer. Ihre Zimmergenossin Marei war wie närrisch, als sie den schwarz gelockten Buben sah. Sie herzte das Kind und wollte es am liebsten gar nicht mehr hergeben.

Zenzi hatte sich ein paar Tage frei genommen. Sie ruhte sich aus, da sie von der ungewohnten Reise müde war.

Am nächsten Tag kleidete sie sich besonders sorgfältig. Sie trug ihre Festtagsbluse und den schwarzen Sonntagsrock, ihre Haare steckte sie in den Nacken.

Dem kleinen Franzl zog sie die neuen Schuhe und das Kleidchen an, das sie für ihn in Bozen gekauft hatte.

Dann machte sie sich mit ihrem Buben auf den Weg zum Fotografen. Sie wollte unbedingt auch so ein Bild von sich und ihrem Kind, wie es die wohlhabenden Leute auf der Anrichte in ihren Salons stehen haben.

Im Atelier stellte der Fotograf den kleinen Buben auf ein Tischchen. Ernst blickend stand Zenzi daneben. Der Fotograf drehte ihren Kopf nach vorne, die Schultern zur Seite und richtete den Kragen ihrer Bluse.
Zenzi zupfte Franzls Kleid zurecht und hielt seine Hand.

Sie beobachtete neugierig, wie der Fotograf mehrere Aufnahmen machte und dabei die Platten tauschte.

Zenzi mit dem kleinen Franzl

Als sie fertig waren, machte sie sich auf den Weg zum Burgherrn, Franzls Vater. Sie hatte sich in Gedanken immer wieder vorgestellt, wie Ferdinand reagieren wird, wenn er sie und das Kind sieht.

Als sie das Wirtschaftsgebäude erreichte, war alles still, als würde die Arbeit ruhen. Sie schritt durch den großen dunklen Hausgang und von da in die Küche. Eine Magd, die sie noch nie gesehen hatte, hantierte am Herd.
Zenzi fragte, wo Herr Ferdinand sei, und setzte sich an den Tisch, Franzl nahm sie auf den Schoß. Die Magd ging wortlos hinaus und kam bald wieder, hinter ihr Ferdinands Frau.

Diese schickte die Magd hinaus und fuhr Zenzi unwirsch an: „Du bist hier nicht willkommen! Was willst du hier?“
Zenzi zeigte auf ihr Kind: „Das ist der Franzl, der Bub vom Ferdinand, und ich möchte, dass der Herr ihn sieht.“

„Wir haben selbst drei Buben, wir brauchen dein Kind nicht“, echauffierte sich die Gräfin zornig, „und der Herr Graf ist heute geschäftlich unterwegs. Er hat genug für dich getan, du undankbare Person. Du hast eine gute Stelle im Haus des Notars bekommen. Was willst du noch? Und wer sagt, dass dieser Balg von ihm ist? Da hat es wohl noch andere Mannsbilder gegeben!“

Der kleine Franzl blickte mit großen Augen von einer Frau zur anderen. Das laute Geschrei machte ihm Angst und er verzog weinerlich den Mund.

Zenzi war empört über diese gemeine Unterstellung.
„Nie im Leben hab' ich einen anderen gehabt!“, beteuerte sie.
„Und jetzt möchte ich den Herrn Ferdinand sprechen“, rief sie aufgebracht.
Die Burgherrin trat ganz nah an sie heran.
„Ich möchte den Herrn Ferdinand sprechen“, äffte sie.
„Was du möchtest, interessiert hier niemanden! Was glaubst du, wer du bist?“

Zenzi war aufgesprungen, nahm ihr Kind auf den Arm und wich zurück.
„Und jetzt verschwinde mit deinem Balg! Du wirst dieses Haus nie mehr betreten!“, drohte die Gräfin.
Zenzi eilte hinaus. Vor Wut und Enttäuschung begann sie hemmungslos zu weinen. Gekränkt und voller Zorn eilte sie den Weg hinunter in die Stadt.

Wieder in Bozen angekommen, lehnte sie sich an einen Baum. Das Kind lag schwer in ihren Armen. Sie zitterte und musste sich beruhigen, denn mit verweintem Gesicht wollte sie im Haus des Notars niemandem begegnen.

Am nächsten Morgen machte sie sich auf nach Gasteig zu ihrer Schwester Julie, die sich freute, ihr Gotlkind wiederzusehen.
Aber bereits nach dem Mittagessen ging es für Zenzi und Franzl weiter nach Tulfer zum Leitnerhof.

Der Großvater hatte schon vom Stubenfenster aus beobachtet, dass Zenzi und ihr Bübl wieder zurückkamen. Die Nandl nahm ihr das müde Kind ab.
Zenzi brach bald wieder auf, sie musste zurück zu ihrem Arbeitsplatz.

Mit keinem Wort hatte sie erwähnt, dass sie in Bozen versucht hatte, den Kindsvater zu treffen.

Nur schwer konnte sie die Schmach, die ihr zugefügt worden war, überwinden. Und sie wusste, sie würde Ferdinand, den Vater ihres Kindes, nie wiedersehen.

Die Leitnerischen

Ein warmer Sommer zog ins Land. Jeder Tag war ausgefüllt mit harter Arbeit auf den steilen Bergwiesen, im Wald und im Stall. Am Abend saß der Leitnerbauer gerne auf der verwitterten Bank vor seinem Haus und rauchte seine geliebte Pfeife.

So war es auch an diesem lauen Sommerabend. Er beobachtete die beiden Buben, die im grünen Gras vor ihm mit Steinen, Ästchen und Tannenzapfen spielten. Er hatte seine Freude mit seinen beiden Enkeln, die so gut miteinander harmonierten und ganz in ihr Spiel vertieft waren.

Plötzlich drehte sich Franzl um, blickte im nahen Wald auf eine knorrige Buche, zeigte mit dem Finger dorthin und rief: „Powozee, powozee!“

Steffl blickte zur selben Stelle und antwortete mit „Powozee!“ Dann schauten sich die Buben an, lachten laut und spielten weiter.

Der Großvater konnte im Wald nichts Besonderes erkennen. Er hatte aber mit Erstaunen beobachtet, wie beide Buben auf die alte Buche gedeutet hatten.

Als die Kinder wieder in ihr Spiel versunken waren, rief er plötzlich laut: „Powozee, powozee!“
Beide Buben rissen ihre Köpfe herum.
Verwundert schauten sie den Großvater an und Steffl meinte fragend: „Powozee?“

Die beiden spielten weiter und der Großvater beobachtete sie aufmerksam. Er versuchte, ihnen genau zuzuhören. Doch er verstand keines ihrer Worte und ihm schien es, dass ihr Kindergeplapper für sie mehr Sinn hatte, als man glauben mochte.

Er rief die Nandl und Mena, die gerade dabei waren, die Hennen in den Stall zu scheuchen.
Die beiden Frauen eilten verwundert herbei: „Was ist denn los?“
Der Großvater hieß sie, sich zu ihm auf die Bank zu setzen.

Dann rief er laut: „Powozee! Powozee!“
Die Kinder unterbrachen ihr Spiel, drehten sich um und deuteten zur alten Buche.
„Seht ihr, die Kinder haben ihre eigene Sprache!“
„Ja und?“, meinte die Nandl.
„Powozee? Was soll das heißen?“, fragte Mena.
„Hört doch genau hin! Versteht ihr, was die beiden miteinander reden?“

Die beiden Frauen lauschten dem Geplapper, dann schüttelten sie den Kopf.
„Aber wir haben als Kinder doch auch sprechen gelernt“, widersprach Mena.
„Ja, ihr habt es von den Erwachsenen, den Eltern und Geschwistern abgeschaut. Aber die Buben unterhalten sich ausschließlich miteinander. Sie haben eine eigene Sprache

entwickelt. Versteht ihr denn nicht? Wir müssen uns mit den Buben mehr unterhalten, sie müssen die Sprache der Erwachsenen verstehen lernen!“, belehrte sie der Großvater.

An den folgenden Abenden, wenn der Großvater vor dem Haus saß, erzählte er den Kindern von seiner Arbeit.
Er ging mit ihnen in den Stall und erklärte ihnen, dass die Bless die Kuh mit dem hellen Fleck auf der Stirn war und dass die Mali am meisten Milch gab, obwohl sie schon viel älter war.

Die Kinder fühlten das weiche Fell der Zicklein und lernten, sich vor den spitzen Hörnern des Ziegenbocks in Acht zu nehmen. Sie durften den Schweinen Rüben in den Trog werfen und sahen mit Begeisterung, wie sie das Futter auffraßen.

Wenn die Mena am Küchentisch Knödel zubereitete, setzte sie die Kinder auf die Küchenbank. Jedes erhielt ein Stück Zucker, das es andächtig lutschte. Dabei erzählte sie ihnen von den Hühnern, zeigte ihnen, welche Namen sie hatten, und erklärte, was sie alles fürs Kochen brauchte.
Schnell lernten die Kinder und hatten ihre eigene Sprache bald vergessen.

Den Großvater juckte es aber, er wollte unbedingt wissen, wer oder was dieser „Powozee“ war.

Das ließ ihm keine Ruhe und so fragte er einmal, als sie vor dem Haus waren: „Wo ist denn der Powozee?“
Die beiden blickten den Großvater mit großen Augen an.
Und als er laut „Powozee! Powozee!“, rief, lachten sie nur und konnten sich nicht erklären, was er wollte. Sie hatten ihre Kindersprache vergessen.

Immer wieder erzählte Mena den beiden Buben Geschichten, wenn sie sie am Abend ins Bett brachte. Sie brachte ihnen Abzählreime bei und zeigte ihnen lustige Fingerspiele.

Ein allabendliches Ritual war das Beten. Mit gefalteten Händen und kniend beteten sie zum Schutzengel, der sie vor jedem Übel bewahren sollte.

Auf einer Kommode im Zimmer stand eine Kerze, darüber hing ein Heiligenbildchen. Mena erklärte den Kindern, dies sei für den Seppl, ihren Bruder, der schon als kleiner Bub verstorben und jetzt im Himmel wäre. Wieder und wieder musste sie ihnen Geschichten vom Seppele, der als Kind schwer an Keuchhusten erkrankt war, erzählen und sie schlossen seine arme Seele in ihre Gebete mit ein.

Mena war nicht nur die Mutter für Steffl, sondern auch für den kleinen Franzl. Sie hatte ihn wie ihr eigenes Kind ins Herz geschlossen und sorgte für die beiden Buben gleichermaßen.
Sie selbst hatte es nicht einfach in ihrem Leben, denn Steffls Vater ließ sich kaum noch blicken. Er war Knecht bei einem Bauern in Wiesen und kümmerte sich wenig um seinen Buben, von Alimenten ganz zu schweigen.

***

Im Herbst kam Karl von der Alm nach Hause auf den Leitnerhof. Dann blieb er über den Winter und half bei der Arbeit mit. Vor allem beim Holzen – beim Baumfällen und Entasten der Bäume – und beim Holztransport brauchte der Bauer die Hilfe seines Sohnes.

Steffl und Franzl bewunderten nicht nur Karls Kräfte beim Arbeiten, sondern auch seinen großen Appetit. Wenn die Eisenpfanne mit dem Melkermuas auf den Tisch kam, nahm Karl seinen Löffel und teilte das Muas in zwei Hälften. Die eine Hälfte aß er alleine, die andere musste sich der Rest der Familie aufteilen und sich damit begnügen. Niemand wagte, aus Karls Anteil zu löffeln.

Karl wusste viel von seinem Sommer auf der Alm zu erzählen. Am liebsten hörten sie die Geschichte, wie ihn einmal der Blitz getroffen haben soll.
Franzl schauderte, wenn ihm Karl anschaulich erzählte, dass der Blitz in seine Schulter hinein und beim Fuß wieder hinausgefahren sei. Dazu zeigte er dann noch eine rot vernarbte Stelle an der Schulter, die vom Blitzschlag herrühren sollte.

Sein ganzes Leben lang fürchtete Franzl jedes Unwetter und trachtete stets danach, bei Blitz und Donner ein sicheres Gebäude aufzusuchen.

***

Die Nandl und der Großvater brauchten nicht viele Worte. Sie waren den beiden Enkelkindern ein Vorbild. Der Leitnerbauer war selbst oft noch wie ein großer Lausbub, der andere gern aufs Korn nahm und über jeden etwas Besonderes zu erzählen wusste.

Im Winter lag der Schnee an manchen Tagen so hoch, dass sogar die Fenster im Erdgeschoss zugeschneit waren. In der Stube war es dann den ganzen Tag über dämmerig, bis der Großvater und Karl rund ums Haus die Fenster und den Weg zum Stall freigeschaufelt hatten.

Der Großvater kannte viele spannende und gruselige Geschichten, die er den beiden Buben an den langen Winterabenden auf der Ofenbank erzählte.
Zum Beispiel, wie das Pfitschtal zu seinem Namen gekommen war. Er schilderte, dass vor langer Zeit ganz hinten am Talschluss ein großer See gewesen sei, der sich durch einen gewaltigen

Felssturz durch das ganze Tal hinaus bis nach Wiesen ergossen hätte.
„Pfitsch! Pfitsch!“, rief er laut und drohend. Die Kinder erschraken.
„Ja, mit einem donnernden Pfitscher sind die Wassermassen ins Tal hinaus gepfitscht. Und deshalb hat man das Tal dann das Pfitschtal genannt“, erklärte er ihnen.

Der Großvater gestaltete seine Geschichten sehr anschaulich mit viel Gestik, verstellte seine Stimme und rollte die Augen. Die Buben zog er damit völlig in seinen Bann.
Sie saßen in der „Höll“, so nannte man den schmalen Spalt zwischen dem Ofen und der Wand. Dort war es besonders warm und im Halbdunkel warf das Licht gespenstische Schatten, wenn der Großvater mit seinen Handbewegungen die Gruselgeschichten untermalte.

Manchmal schimpfte die Nandl mit ihrem Mann, er dürfe die Kinder nicht so sehr erschrecken. Aber die zwei Buben konnten von den Erzählungen nicht genug bekommen.

1911

Die kleinen Weiber

Steffl und Franzl waren gut vier Jahre alt, als die Nandl sie zum ersten Mal zum Ettl mitnahm. Sie hatte Selchwürste, Eier, Butter und Käse in ihren Korb gepackt. Ihre Tochter Liesl sollte die Waren auf dem Markt in Sterzing verkaufen.

Sie machte sich mit den Buben auf den Weg. Es war Sommer, die beiden hatten ihre kurzen Lederhosen an und liefen barfuß neben der Nandl den Steig zum Ettlhof hinunter. Dabei stieß sich Franzl an einem Stein die Zehen blutig. Als er weinte, tröstete ihn die

Nandl, verband die Wunde mit einem großen Schnäuztuch und wischte ihm mit ihrer Schürze die Tränen ab.
Als sie zum Ettl kamen, trat Liesl aus dem Haus, eilte der Nandl entgegen und nahm ihr den schweren Korb ab. Hinter Liesl kamen ihre drei Töchter, die drei, sechs und acht Jahre alt waren.

Steffl und Franzl blieben am Zaun stehen und rissen vor Verwunderung die Augen auf. Sie schauten gebannt auf die Mädchen. Sie hatten nicht gewusst, dass es von den „Weibern“ auch kleine gab.

„Das sind ja kleine Weiber!“, staunte Steffl.
Franzl starrte auf die Mädchen, er brachte kein Wort heraus. Bis jetzt hatten sie nur die Nandl, ihre Mütter und die Gotl, also erwachsene Weiber gesehen. Nun standen hier auf einmal drei kleine Weiber, die mit ihren bodenlangen Röcken, mit ihren Schürzen, blonden Zöpfen und den Maschen im Haar ganz gleich aussahen wie die großen Weiber.

Die Nandl schob die Buben zum Haus. Aber die beiden wollten nicht mitgehen. Sie machten kehrt und versteckten sich hinter dem Zaun.
Franzl lugte zwischen den Zaunlatten verstohlen auf die „Weiber“, die mit hellen Stimmchen redeten und laut lachten. Eine von ihnen zeigte mit dem Finger auf seine nackten Füße mit den verbundenen Zehen. Alle schauten zu ihm und kicherten.

Franzl spürte, wie er einen heißen Kopf bekam und wie seine Ohren glühten. Er schämte sich vor diesen „kleinen Weibern“ und wusste nicht, was er dagegen unternehmen sollte. Gegen das Getuschel und Gekichere kam er nicht an.

Trotz des guten Zuredens der Nandl weigerte er sich ins Haus zu gehen und auch Steffl blieb draußen bei ihm.
„Jetzt kommt's doch herein, Buben!“, forderte auch Liesl die beiden Kinder auf. Doch Franzl schüttelte nur den Kopf.

So standen die beiden hinter dem Zaun, spähten zur Türe und warteten, bis die Nandl wieder aus dem Haus kam und sie sich auf den Heimweg machen konnten.

Der Nandl gelang es nicht, von den Buben zu erfahren, warum sie beim Ettl nicht ins Haus gegangen waren.
„Ihr seid mir schon so zwei Schwänze!“, meinte sie kopfschüttelnd.

***

Wieder daheim auf dem Leitnerhof beschäftigten Franzl noch lange diese kleinen Weiber. Er fühlte sich hilflos ihrem Gekichere ausgeliefert und schwor sich, nie wieder zum Ettl zu gehen, um jedes weitere Zusammentreffen mit ihnen zu vermeiden.
Viel lieber half er der Nandl im Stall beim Ausmisten und beim Füttern der Kühe, der Schweine und der Ziegen.

Steffl war der größere und stärkere von beiden und Franzl strengte sich an, ihn durch seinen Eifer, seine Wendigkeit und Schnelligkeit zu übertreffen.

Wenn der Großvater Geschichten vom Geier und vom Wiesel, die sich Hühner als ihre Beute holten, erzählte, hörte Franzl mit offenem Mund zu. Er sah es als seine Aufgabe, die Hühner vor diesen Räubern zu schützen.
Sooft er den Adler am Himmel kreisend entdeckte oder wenn die Hühner aufgeregt und laut gackernd herumirrten, war Franzl als erster vor dem Haus. Mit einem Stock bewaffnet lief er laut schreiend und wild gestikulierend herum, um jeden Feind in die Flucht zu schlagen und die Hühnerschar zu beschützen.

„Ja, ja, der Franzl, das ist halt der beste Geierjäger“, lobte ihn der Großvater. Franzl lächelte stolz und freute sich über diese Anerkennung.

***

Es kam nicht oft vor, dass Julie von Gasteig herüberkam, um ihre Eltern zu besuchen. Sie arbeitete immer noch in Gasteig als Kellnerin.

Als Franzls Gotl fühlte sie sich für ihn verantwortlich. Die Buben freuten sich immer über ihren Besuch, denn sie brachte ganz sicher etwas für sie mit. Manchmal überraschte sie die Kinder mit einer Handvoll Kirschen, mit einer süßen Birne oder einem Stück „Bärendreck“, einem Lakritzstangerl. Andächtig genossen die Buben die unbekannten Leckerbissen.

Julie wusste auch immer viele Neuigkeiten.
Als sie einmal erzählte, dass in Sterzing eine große Hochzeit stattgefunden hätte, bemerkte der Großvater: „Wieder eine Jungfräuliche weniger fürs Sterzinger Moos!“

„Bist du jetzt still!“, mahnte die Nandl.
„Aber warum denn? Das können die Buben ruhig wissen!“, lachte er.

Und er fügte, den Kindern zugewandt, hinzu: „Das Sterzinger Moos ist ein riesengroßes, weites, ebenes Feld. Dort wächst aber nur dürres, hartes Gras, das nicht einmal die Kühe fressen. Und weil der Boden dort so nass ist, steigt in der Nacht der Nebel auf und hängt wie ein Gespenst über dem Moos.“

Steffl und Franzl hörten gespannt zu.
„Und in diesem Nebel sieht man die Gesichter von vielen verstorbenen alten Jungfern, die nie einen Mann bekommen haben. In den kalten Nächten jammern und stöhnen sie laut und verzweifelt! “

„Kann man das hören?“, fragte Steffl.
„Ja, sogar bis hinauf zum Rosskopf. Dort geistern die Buaben, die ledig geblieben sind, denn sie müssen jede Nacht Wolken schieben.“

„Jetzt hörst aber auf, den Kindern solche Geschichten zu erzählen!“, schalt ihn die Nandl.
„Ja, ja“, lächelte er verschmitzt, „eure Großmutter hat großes Glück gehabt, dass sie mich bekommen hat! Da ist ihr das Sterzinger Moos erspart geblieben!“
„Und dir der Rosskopf!“, konterte diese. Zu diesem Scherz mussten alle lachen.

Franzl überlegte, was wohl besser wäre: als Geist auf dem Berg Wolken schieben oder eines von den kleinen, kichernden Weibern zu heiraten.

1912

Ein viereckiges Teufelchen

Die Zenzi kam äußerst selten auf den Leitnerhof. Sie arbeitete fleißig und gewissenhaft bei ihrer Herrschaft in Bozen. Jedoch wenn sie einmal zu Besuch kam, sah sie es als ihre Aufgabe, Franzl zu erziehen. Sie blickte ihn streng an, verlangte, dass er still neben ihr zu sitzen habe und dass er ihr auf jede ihrer Fragen antworten solle.

Als er einmal beim Essen vor ihr mit dem Löffel in die Muspfanne langte, schlug ihm Zenzi mit der Kelle auf den Handrücken und schalt ihn. Franzl traten Tränen in die Augen, aber er biss die Zähne zusammen, legte den Löffel auf den Tisch und weigerte sich, noch etwas zu essen.
Als ihm seine Mutter dann befahl wieder zu essen, murmelte er, nicht hungrig zu sein. Er rutschte von der Bank und versuchte an ihr vorbeizulaufen. Zenzi wollte ihn festhalten, aber er wand sich unter ihrem Griff, bis es ihm gelang, sich loszureißen.

Er rannte hinaus in die Scheune, kletterte auf den Heuboden und versteckte sich in der hintersten Ecke. Dort harrte er aus, bis es

dämmerte. Dann kletterte er hinunter. Er fand Steffl im Stall bei den Ziegen.
„Ist sie weg?“, erkundigte er sich.
Steffl nickte und die beiden verloren kein Wort mehr darüber.

Beim Abendessen sagte der Großvater zu Franzl: „Hast an Hunger, Bua?“, füllte ihm den Teller mit Gerstelsuppe und schenkte ihm noch eine Schale Milch nach.

Nach dem Essen rauchte der Großvater seine Pfeife und die beiden Buben saßen neben ihm auf der Ofenbank.
„Weißt Franzl“, meinte der Leitnerbauer bedächtig, „die Zenzi war immer schon ein Zornbinkele. Sie hat ein kleines viereckiges Teufelchen in ihrem Schlund stecken. Dieses Teufelchen will hinaus und kann nicht, weil der Schlund rund und das Teufelchen viereckig ist. Und dann wird die Zenzi halt zornig.“

Franzl stellte sich vor, wie ein kleiner wilder Teufel im Hals seiner Mutter, der Zenzi, steckte und nicht herauskam. Er wusste jetzt, dass sie deshalb schnell wütend wurde und dass nicht er daran schuld war.

Der Buggldrucker

Im Sommer arbeitete Karl als Hirte auf der Alm, im Herbst und im Winter lebte er daheim auf dem Leitnerhof. Karl war kräftig und seine Arbeit auf dem Hof wurde dringend gebraucht.
An den Sonntagen ging Karl gern nach Wiesen und kehrte dort nach dem Kirchenbesuch beim Wirt ein. Da wurde dann Karten gespielt und reichlich Wein getrunken. Ab und zu flogen auch die Fäuste.

Steffl und Franzl bewunderten Karl, wenn er torkelnd, oft auch mit einer blutenden Lippe, nach Hause kam. Wenn er dann seinen

Rausch ausgeschlafen hatte, erzählte er ihnen, warum es zum Kampf gekommen sei und wie schlimm er die anderen hergebeutelt hätte.

Und er zeigte den beiden, wie es ihm gelungen war, seine Gegner zu besiegen. Er brachte ihnen ein paar Griffe bei und wie sie ihren „Feind“ in den Schwitzkasten nehmen konnten. Dann ging er mit den Buben vors Haus. Auf dem Anger mussten sie versuchen, sich gegenseitig niederzuringen. Wer zuerst auf dem Rücken lag, hatte verloren.

Die Mena schimpfte, was das für ein Blödsinn sei.
Aber der Großvater beruhigte: „Lass sie doch! Es ist gut, wenn sie sich zu wehren wissen.“

Steffl war größer und stärker und so hatte Franzl keine Chance gegen ihn. Er war sehr enttäuscht, denn er verlor fast jeden Kampf. Karl tat der Bub leid.

Als Steffl einmal nicht zugegen war, gab Karl dem ewigen Verlierer einen Geheimtipp: „So Franzl, jetzt zeige ich dir meinen Spezialgriff, mit dem du auch gegen einen größeren Buben gewinnen kannst.“

Er trat vor ihn hin, packte ihn um die Körpermitte, hob ihn hoch, drückte ihn leicht gegen seinen Körper und warf ihn zu Boden.
„Das ist der Buggldrucker, den musst du dir merken. Damit bringst du jeden auf den Boden!“, erklärte er ihm.

Beim nächsten Kampf ließ Franzl den Steffl nicht zu nahe kommen, entwand sich immer wieder geschickt den Zugriffen. Als Steffl einmal kurz nicht aufpasste, packte ihn Franzl um die Mitte, hob ihn hoch, drückte ihn gegen sich und Steffl stürzte rücklings zu Boden.
„Gewonnen, gewonnen!“, jubelte Franzl.
Steffl wollte das Geschehene nicht wahrhaben und forderte Revanche. Wieder gewann Franzl.

Doch Steffl hatte genau aufgepasst und versuchte jetzt natürlich auch, diesen Griff anzuwenden. Beide kämpften verbissen, sie hatten einen hochroten Kopf. Franzl wollte Steffl keine Möglichkeit geben, den Buggldruckergriff anzuwenden. Karl fungierte als Kampfrichter.

Als Mena bemerkte, dass aus dem Spiel ernst wurde, ging sie dazwischen und schimpfte mit Karl: „Fällt dir denn gar nichts Gescheiteres ein, als den beiden das Kämpfen beizubringen?"
„Und ihr zwei hört sofort auf damit!", wandte sie sich an die beiden Kampfhähne.
„Ich bin doch der Stärkere!", stänkerte Steffl.
Der Großvater versuchte zu beruhigen: „Der Gescheitere gibt nach, so hat es immer schon geheißen. Und jetzt schauen wir, wer von euch beiden der Gescheitere ist!"

Vorerst war der Streit zwischen den Buben zwar beendet, aber die Rivalität, wer wohl der Stärkere von beiden sei, blieb. Und so passierte es immer wieder, dass sie plötzlich übereinander herfielen, sich am Boden wälzten, bis einer erschöpft und keuchend aufgab.
Oft war es Franzl, der klein beigeben musste. Er wollte die Niederlagen nicht wahrhaben und forderte Steffl immer wieder heraus. Steffl freute sich, wenn er als der stärkere seine Überlegenheit zeigen konnte.
Meistens reichten sie sich nach dem Kampfgeschehen dann doch wieder versöhnlich die Hände.

Die Riesin

Als Karl wieder einmal leicht angesäuselt von einem Wirtshausbesuch heimkam, hatte er ein herausgerissenes Blatt einer Illustrierten dabei. Darauf war eine furchteinflößend große Frau mit ihren Eltern abgebildet. Die Riesin trug ihr festliches

Sonntagsgewand und einen breitkrempigen Federhut. Ihre Mutter, die danebenstand, überragte sie um gut drei Köpfe.
Das sei die berühmte, weithin bekannte „Riesin von Ridnaun", behauptete er stolz. Sie sei an die zweieinhalb Meter groß und hätte Füße, die doppelt so lang seien wie seine eigenen.

Die Buben waren tief beeindruckt. Sie konnten es fast nicht glauben - jetzt kannten sie schon die kleinen Weiber, die richtigen Weiber und nun sollte es sogar noch ein Riesenweib geben!

Die Riesin von Ridnaun mit ihren Eltern

Karl erzählte den staunenden Buben weiter von dieser Frauensperson, die in der Nähe von Sterzing, im Ort Ridnaun, zu Hause sei.
Sie sei so groß, dass für sie jede Stube zu niedrig wäre und sie stets nur gebückt stehen könne. Kleider und Schuhe müssten für

sie eigens angefertigt werden. Sogar ein riesiges Bett und eine besonders große Schulbank habe man für sie zimmern müssen.

Die beiden Buben hingen an Karls Lippen. Auf ihr Bitten las er ihnen aus der Zeitung vor, dass die Riesenmoidl, wie sie genannt wurde, besondere Kräfte habe.
Mit Leichtigkeit verrichte sie die schwersten Arbeiten. Es mache ihr keine Mühe volle Mehlsäcke auf ihre Schultern nehmen. Weiters erzählte er den staunenden Buben, dass die Riesin ein Holzfuhrwerk, das nicht mehr weiterkam, aus eigener Kraft gezogen habe.

Auf dem elterlichen Hof werke sie auf dem Feld und im Stall, sie verrichte die Arbeit, für die man mehrere Männer gebraucht hätte. Beim Kartoffelaufladen trage sie volle, schwere Kisten, die die stärksten Burschen nicht einen Meter von der Stelle bewegen könnten. Ihre Stimme wäre laut und dunkel wie die eines Mannes.

Die Buben erfuhren, dass sie einen unermesslichen Hunger habe. Sie esse eine ganze Schüssel voll Plenten oder Muas auf einmal. Ihre Eltern wären ärmliche Bergbauern und hätten ihre Not, die stets hungrige Tochter satt zu kriegen.

Franzl war fasziniert und immer wieder wollte er Geschichten über diese Frau hören, die ganz in der Nähe von Sterzing zu Hause war und in fremden Städten und Ländern auf Märkten und sogar im Zirkus zur Schau gestellt wurde. Überall wurde sie als „die größte und schönste Riesin“ bewundert.

Diese Erzählungen beschäftigten den Buben so sehr, dass sie ihn bis in den Schlaf verfolgten. In seinen Träumen erschien ihm die Riesin. Sie stand vor seinem Bett und sprach zu ihm mit tiefer, männlicher Stimme.

Als Franzl im Traum ängstlich zu ihr aufblickte, hatte die Riesenmoidl plötzlich das Gesicht seiner Mutter.

Er wachte schweißgebadet auf. Der Albtraum verstärkte die unerklärliche Angst, die er seit jeher vor seiner Mutter gehabt hatte.
Er wollte sich beruhigen: „Es war doch nur ein Traum!"
Aber seine Ängste blieben.

***

Zu Allerheiligen kam Zenzi wieder einmal zu Besuch auf den Leitnerhof. Sie saß am Tisch in der Stube.

Als Franzl hereinkam und seine Mutter erblickte, erschrak er heftig. Er drehte sich blitzschnell um und rannte aus dem Haus. Er hetzte in den Wald, bis ihn heftiges Seitenstechen am Weiterlaufen hinderte.

Aufgewühlt und zitternd setzte sich Franzl auf einen Baumstrunk. Tief im Herzen spürte er die Angst vor dieser Frau. Vor allem befürchtete er, dass sie ihn von hier fortholen könnte.

Trotz der Kälte harrte er im Wald aus, bis es zu dämmern begann. Dann eilte er zurück. Vorsichtig spähte er durchs Fenster. Er zählte die Nandl, den Großvater, Steffl und die Mena am Küchentisch. Zögerlich schlich er hinein und setzte sich zu ihnen.

Die Nandl fragte: „Wo warst du denn so lange? Die Zenzi wollte dich unbedingt sehen!"
Und Steffl fügte hinzu: „Hast du dich vielleicht vor ihr versteckt?

Als Franzl keine Antwort gab, beruhigte der Großvater: „Der Franzl wird schon wissen, warum er weg war", und damit war die Sache erledigt.

Mena stellte ihm einen Teller heiße Erdäpfelsuppe hin.
„Du wirst hungrig sein", meinte sie und strich ihm mütterlich übers Haar.

Franzl löffelte die Suppe. Er spürte, wie die Wärme seinen klammen Fingern wohltat. So wie ihm die Geborgenheit und Wärme bei seiner Familie wohltat.

Er war froh, dass seine Mutter wieder fort war. Aber in seinen Träumen verfolgte sie ihn immer wieder.

Das Sauschlachten

Geschäftiges Treiben herrschte am Leitnerhof, denn es sollte eine Sau geschlachtet werden. Bereits am frühen Morgen war Xaver, der Ettlbauer, zu den Leitnerischen gekommen, um mitzuhelfen.

In der Küche stellte die Nandl Wasser auf, Mena trug Kübel und Schüsseln mit heißem Wasser zum Schweinetrog hinaus. Dann holte sie den Selbstgebrannten aus der Kredenz und reichte den Männern die Flasche.

Steffl und Franzl schauten neugierig zu, wie die Sautruhe hinter dem Haus hergerichtet wurde.
Da kam die Nandl: „Ihr zwei geht sofort in die Küche und dort bleibt ihr, das Sauschlachten ist nichts für Kinder!“
Steffl maulte, denn er war begierig darauf, zuzuschauen. Aber Franzl hatte einen Kloß im Hals. Er wusste nicht, welches der zwei Schweine geschlachtet würde. Bei jedem Quieken, das aus dem Stall drang, erschrak er.

Am späten Nachmittag wuschen sich die Männer in der Küche. Der Großvater goss Schnaps in die Gläser und reichte sie Karl und Xaver.
„Gut habt ihr's gemacht, Mander! Zum Wohl!“, bedankte er sich und stieß mit ihnen an.
Xaver machte sich wieder auf den Heimweg.

Franzl stand auf und ging in den Stall hinaus. Als er das Tennentor öffnete, stieß er entsetzt einen lauten Schrei aus. Vor ihm hing die geschlachtete Sau von der Decke.
Die Hinterbeine des Tieres waren an den Querbalken gebunden, der Schädel baumelte kraftlos herab. Das Vieh war der Länge nach aufgeschlitzt, die Innereien und Gedärme waren entfernt, ein großes Loch gaffte ihm entgegen. Franzl konnte den Blick nicht abwenden.

„Das Schwein schaut ja aus wie unser Herrgott am Kreuz, nur mit dem Kopf nach unten!", durchfuhr es ihn und er erschrak vor seinen eigenen Gedanken.

Er stolperte zurück ins Haus und setzte sich zum warmen Ofen. Er zitterte. Als er zum Herrgottswinkel hinaufblickte, bekreuzigte er sich, wie er es bei der Nandl des Öfteren gesehen hatte. Wenn er die Augen schloss, sah er immer wieder den Körper der hängenden Sau. Flüsternd bat er den Herrgott um Verzeihung für seinen unchristlichen Vergleich.

Am Sonntag zog ein würziger Geruch nach gebratenen Zwiebeln, Schmalz und gekochtem Fleisch durch die Küche. Mena stellte die Pfanne mit den Bratkartoffeln, das Reindl mit dem warmen Kraut und die große Schüssel mit den dampfenden Blut- und Leberwürsten auf den Tisch.
„Jetzt greift's zu!", forderte sie auf, „so etwas Gutes gibt es nicht oft."

Das ließ sich niemand zweimal sagen, denn so ein Festessen kam nur selten auf den Tisch. Karl holte sich als erster eine Blutwurst. Mit seinem Feitel schlitzte er die Wursthaut auf. Dick und dunkelrot quoll das Innere heraus. Franzl konnte nicht hinschauen. Er warf einen Blick zum Herrgottswinkel.

Mena hatte ihm eine kleinere Wurst auf den Teller gelegt.
„Ich mag keine Blutwurst!", stammelte er.

„Warum denn nicht? Das ist doch etwas Gutes, das musst du kosten! Das gibt Muskeln“, forderte ihn Karl auf
Doch er schüttelte nur den Kopf.
„Dann ess' ich sie!“, lachte Steffl und lud die Blunzn auf seinen Teller.
Franzl begnügte sich mit Kraut und Kartoffeln.

Wieder schielte er zum Christus am Kreuz und erbat sich Vergebung für seine Gedanken. Danach war ihm wieder wohler zumute.

1913

Walfische und tanzende Würmer

Die Zeit verging wie im Fluge, die Buben wuchsen heran und der Ernst des Lebens - die Schule - sollte im Herbst auch für die Leitnerbuben beginnen.

Die Nandl und Mena hatten für die beiden Schulanfänger Janker gestrickt und Mena hatte ihnen eine knielange Lodenhose und eine Pfoad genäht. Der Großvater brachte aus Sterzing neue Schuhe zum Zubinden mit, außerdem noch eine Schiefertafel und eine Griffelschachtel mit Griffeln darin. Er erklärte ihnen, dass sie gut darauf aufpassen müssten, da sie leicht brechen könnten.

Mit gemischten Gefühlen hielten sie die Griffel in der Hand, denn Karl hatte den beiden schon viel von der Schule und vom Herrn Lehrer erzählt. Vor allem davon, dass sie sich in der Schule vor den Batzen in Acht nehmen müssten.
Der Lehrer sei ein ganz gestrenger Mann, der immer einen Stock in der Hand halten würde. Wenn man etwas nicht weiß, wenn man nicht brav ist, schwätzt oder einen Fehler macht, dann bekäme man einen Batzen, das heißt, der Lehrer schlägt mit dem

Stock auf die Finger, dass sie rot und geschwollen würden, und das täte verflixt weh.

Franzl und Steffl besuchten nun zum ersten Mal die Schule in Tulfer. Der Weg dorthin führte durch einen Wald, dann mussten sie ins Tal hinunter. Die Schule war für die beiden ein großes, angsteinflößendes Gebäude. Alle Kinder von Tulfer waren in einem Klassenzimmer untergebracht, von den Schulanfängern bis zu den großen Schülern der achten Klasse. Die Schüler waren in drei Abteilungen eingeteilt.

Als Erstklässler mussten sich Franzl und Steffl in eine Schulbank in der ersten Reihe setzen. Franzl war gar nicht wohl dabei, so nahe am Lehrertisch zu sitzen. Er starrte gebannt auf den Herrn Lehrer, der einen Zeigestock auf seinem Pult liegen hatte. Franzl war bereit, jederzeit in Deckung zu gehen.

Für die zwei Leitnerbuben war es ungewohnt, den ganzen Vormittag auf den harten, hölzernen Schulbänken zu sitzen. Schreib- und Sitzfläche waren aus einem Stück gefertigt und der Lehrer achtete streng darauf, dass die Kinder aufrecht und mit dem Rücken angelehnt in den Bänken saßen. Beide Hände mussten auf dem Tisch liegen.

Der gestrenge Herr Lehrer gab ihnen viele Anweisungen, wie sie sich zu verhalten hätten. Sie durften nur sprechen, wenn sie gefragt wurden. Zum Antworten mussten sie aufstehen. Niemand durfte schwätzen oder lachen.

Sogar das Betreten und Verlassen der Schule erfolgte auf Befehl des Lehrers. Die Pause wurde mit einem Glockenzeichen eingeläutet und beendet. Nur während dieses Zeitraumes durften sie den Abort, ein kleines Holzhäuschen im Freien, benutzen.

Steffl und Franzl holten ihre Schiefertafeln aus dem Rucksack und der Lehrer schrieb jedem Kind irgendwelche Zeichen darauf. Als es Mittag war, konnten sie sich endlich auf den Heimweg machen. Der Lehrer trug ihnen forsch auf, ihre Aufgaben sorgfältig zu erledigen.

Steffl und Franzl eilten nach Hause und nach dem Essen liefen sie zu den Tieren in den Stall. Mena fragte am Abend, ob sie wohl ihre Aufgaben gemacht hätten, sonst würde es Batzen geben.

Franzl und Steffl setzten sich mit ihren Schiefertafeln an den Stubentisch.
Franzl fragte: „Steffl, weißt du, was Aufgaben sind?“ Die beiden hatten noch nie etwas von Aufgaben gehört. Sie kannten nur Heugabeln und Mistgabeln, aber keine Aufgaben.
Steffl überlegte: „Vielleicht sind das Gabeln, so wie die Heugabeln, die nach oben stehen, also aufstehen?“
Und er zeichnete mit dem Griffel geschickt Mistgabeln und Heugabeln, deren Zinken nach oben zeigten. Franzl machte es ihm nach. Bald war die Tafel vollgezeichnet und somit schien für sie die „Aufgabe“ erledigt.

Am nächsten Tag zeigten sie dem Lehrer stolz ihre Schiefertafeln mit den verschiedenen Gabeln. Der Pädagoge war etwas überrascht und schimpfte, warum sie die geforderten Aufgaben nicht ordnungsgemäß gemacht hätten. Steffl, der sich immer ein bisschen mehr traute, protestierte, dass sie die „Gabeln“ ja gezeichnet hätten.

Der Lehrer holte seinen Zeigestock und die beiden mussten ihre Hand vorstrecken. Steffl heulte laut auf, als der Stock auf seine Hand niedersauste.
Der Lehrer holte erneut aus und wollte Franzls kleine Finger treffen. Doch dieser zog blitzschnell seine Hand zurück. Der Lehrer war erzürnt, packte Franzl am Ohr und zog daran, dass ihm die Tränen kamen.

Die anderen Kinder verfolgten die Bestrafung mit ängstlichen Augen. Burgl und Cilli, zwei Mädchen aus der zweiten Klasse der ersten Abteilung, die in der Bank hinter ihnen saßen, entdeckten, was die Leitnerischen als Aufgabe gemacht hatten, und lachten sie aus.

In der Pause erzählten sie das Vorgefallene kichernd den Mitschülern. Die Mädchen standen um die Leitnerbuben herum, verspotteten und verlachten sie. Steffl wurde zornig, mit verhaltener Wut stürzte er sich auf die Weiber.
Doch die größeren Buben, zu denen Burgls ältere Brüder gehörten, schmierten ihm ein paar saftige Ohrfeigen und zogen ihn weg. Sie hatten sich auch auf die Seite der Mädchen gestellt. Steffl blickte hasserfüllt auf seine Mitschüler.

Franzl war gar nicht dazu gekommen, sich einzumischen, so schnell war dieser ungleiche Kampf beendet. Aber er merkte, wie er vom kichernden Gelächter der Gitschen einen hochroten Kopf bekam. Er fühlte, dass sein Ohr, an dem ihn der Lehrer gezogen hatte, noch heißer wurde, und er schämte sich bis in den Boden hinein.

***

Als sie am nächsten Morgen durch den Wald in Richtung Schule gingen, fragte Franzl: „Steffl, hast du deine Aufgaben?“
Steffl verneinte und fragte: „Hast du sie gemacht, Franzl?“
„Nein“, antwortete dieser.
Sie wussten ja immer noch nicht, was „Aufgaben“ waren.
„Dann gehen wir heute besser nicht in die Schule, sonst gibt es wieder einen Batzen“, schlug Steffl vor.

Sie waren inzwischen zu einer kleinen Lichtung gekommen. Von hier aus konnten sie ins Tal hinunter nach Tulfer zum Schulhaus blicken. Franzl war sogleich einverstanden, denn sie konnten sich ausmalen, was sie in der Schule erwarten würde.
Schnell lehnten sie ihre Rucksäcke mit den Schulutensilien an einen Baum, zogen Schuhe, Hemden und Hosen aus, damit sie sie nicht schmutzig machen konnten, und liefen nackt in den Wald. Es war ein milder Herbsttag.

Sie sammelten Steine, spielten mit Tannenzapfen und Zweigen, so wie sie es von zu Hause kannten. Die großen Zapfen waren die Kühe, die kleinen die Hennen. Ein Stück Rinde in der Hand war der Geier, der über den Hühnern kreiste. Mit Steinen und Ästen bauten sie einen Stall, in dem die Kühe untergebracht waren. Kleine Triebe waren das Futter, das sie den Tieren zu fressen gaben.
Ihrer Fantasie waren keine Grenzen gesetzt, die Zeit verging wie im Flug. Und sie fanden ein paar Moosbeeren, die sie zu ihrem Brot aßen.

Als sie unten im Tal die Kinder von der Schule heimgehen sahen, zogen sie ihre Kleidung wieder an, schulterten die Schulrucksäcke und machten sich auch auf den Heimweg.
Zu Hause kamen sie gerade recht zum Mittagessen. Mena fragte, wie es in der Schule gewesen sei. Die beiden gaben nur ausweichende Antworten und nach dem Essen ging es hinaus in den Stall zu den Tieren.

Da sie auch am nächsten Tag ihre Aufgabe nicht gemacht hatten und auch nicht gewusst hätten, wie sie ihr Fehlen in der Schule hätten erklären sollen, ergab es sich, dass sie wieder an derselben Lichtung im Wald Halt machten. Wie am Vortag liefen sie nackt herum, spielten und vertrieben sich die Zeit, bis sie mittags die Kinder von der Schule heimgehen sahen. Dann schlüpften sie wieder in ihre Kleider und machten sich auf den Heimweg.

So ging es bis zum Ende der Woche. Es waren milde Herbsttage, die beiden Leitnerbuben vergnügten sich in der freien Natur und machten sich keine weiteren Gedanken. Für sie war es einfach wichtig, dass sie keine Batzen bekamen und in der Schule nicht ausgelacht und gehänselt wurden.

***

Am Sonntag nahmen die Nandl und Mena die Buben mit zum Gottesdienst in die Wiesener Pfarrkirche. Sie fanden, dass der

Kirchenbesuch für die beiden, da sie ja jetzt in die Schule gingen, notwendig und wichtig war.

Auf dem Heimweg folgten die Buben brav den beiden Frauen. Da bemerkten sie, wie der Herr Lehrer sie im Eilschritt überholte. Bald hatte er die beiden Frauen eingeholt, die ihn freundlich grüßten.

Noch bevor der Lehrer mit der Nandl und mit Mena reden konnte, begannen Steffl und Franzl johlend um die Erwachsenen herumzutanzen. Niemand wusste, was in die beiden gefahren war. Der Lehrer mahnte sie zur Ruhe, aber sie gehorchten nicht, sondern schrien nur noch lauter. Da packte Mena die beiden, zerrte sie ein Stück weg und verpasste jedem eine ordentliche Ohrfeige. Dann war Ruhe.

Endlich kam der Lehrer zu Wort. Er fragte die Nandl, warum die zwei Buben nicht mehr in die Schule kämen.
Die Nandl verstand überhaupt nicht, wovon er sprach. Sie erklärte, dass die zwei sich täglich in der Früh auf den Schulweg machten und immer pünktlich nach Hause kämen. Mena mischte sich nun auch in das Gespräch ein. Auch sie hatte keine Erklärung für das Verhalten und sie versprach dem Lehrer, die Buben am nächsten Tag in die Schule zu begleiten.

Als der Lehrer wieder fort war, befragten sie die zwei Lauser, wo sie gewesen wären und warum sie die Schule geschwänzt hätten. Franzl wollte nichts verraten, aber Steffl erzählte, dass sie sich aus Angst vor den Batzen nicht mehr in die Schule getraut hätten. So nach und nach verstanden die beiden Frauen, dass die Buben tatsächlich nicht gewusst hatten, was „Aufgaben“ seien und was dabei zu tun wäre.

Zurück auf dem Leitnerhof erfuhr dann auch der Großvater von der Geschichte. Er versuchte zwar streng zu sein, aber ein leichtes Zucken um seine Mundwinkel verriet, dass er sich das Lachen verkneifen musste.

Ihm vertrauten die beiden auch an, woher sie gewusst hatten, wann es Zeit zum Heimgehen war.
„Ihr seid mir schon so zwei Hallodri," meinte er, „aber es ist im Leben immer gut, wenn man sich zu helfen weiß!"
Diese Weisheit prägte sich Franzl besonders gut ein.

Der Großvater erläuterte ihnen anschließend, was es mit den Aufgaben auf sich hätte: Der Lehrer würde ihnen auf der Schiefertafel Buchstaben vorschreiben, die sie daheim genauso schön nachschreiben müssten.
Das sei einfach, leuchtete es den beiden ein und sie versprachen, in Zukunft alles richtig zu machen.

***

Am nächsten Morgen begleitete Mena die beiden Buben auf ihrem Weg zur Schule. Bei der kleinen Lichtung, von der sie einen guten Blick auf das Schulgebäude hatten, erklärten sie ihr, dass sie hier warten solle. Von hier aus könne sie das Schulhaus einsehen und in aller Ruhe beobachten, wie sie dort hineingingen. Und so wurde es auch gemacht.

Als sie das Klassenzimmer betraten, kicherten und flüsterten wieder ein paar Mädchen. Aber der Herr Lehrer mahnte sie zur Ruhe. Franzl glaubte schon, dass alles überstanden sei. Aber er hatte sich getäuscht.

Als sich die Kinder zur Pause auf dem Schulhof trafen, standen die Mädchen zusammen, flüsterten und kicherten.
Plötzlich hörten sie Burgls hämische Stimme: „Wir haben euch gesehen. Ihr Schweinigel seid nackt im Wald herumgelaufen, so wie die Walfische im Wasser nackt herumschwimmen!"
Wie auf Befehl zeigten die Kinder mit den Fingern auf die Leitnerbuben und spotteten: „Walfische! Pfui, ihr Walfische!"

Steffl stürzte sich auf die grölenden Buben, Franzl eilte ihm zu Hilfe und es entstand eine wilde Rauferei.

Die Mädchen, allen voran Burgl und Cilli, spotteten: „Walfische! Leitnerische Walfische!“, und heizten den Kampf weiter an.

Der gestrenge Schulmann eilte herbei und setzte dem wilden Treiben mit ein paar saftigen Kopfnüssen ein jähes Ende. Die Mädchen hofften, dass die Leitnerbuben bestraft würden.
Aber der Herr Lehrer beendete die Pause und schickte alle Schüler in die Klasse.

So wie Steffl und Franzl die Schüler im Tal beobachtet hatten, so waren auch sie von den Leuten im Ort beobachtet worden, als sie nackt durch den Wald streunten.

Wie die Burgl auf den Namen „Walfische“ gekommen war, konnte sich niemand erklären. Sie hatte wohl im Religionsunterricht die Geschichte von „Jonas und der Wal“ gehört und hatte die nackten Buben in ihrer Vorstellung mit Walfischen gleichgestellt.

Sehr zum Leidwesen der Buben behielten sie noch jahrelang den Namen „Walfische“, denn die Kinder hatten die Geschichte weitergetragen. Auch als sich fast niemand mehr an das Ereignis erinnern konnte, hieß es, wenn jemand von den Leitnerbuben sprach: „Ja, das sind doch die beiden Walfische!“

Zu Hause überwachte Mena, wann immer sie sich Zeit nehmen konnte, die Hausaufgaben der zwei Buben. In der Schule kehrte nun wieder Ruhe ein. Franzl und Steffl lernten lesen, schreiben und rechnen.

****

Im Religionsunterricht kam der junge Kooperator in die Klasse. Die großen Burschen, die in den letzten Bankreihen saßen, machten sich einen Spaß daraus, durch lautes Reden und grölendes Lachen seinen Unterricht zu stören. Franzl war erstaunt und verwundert, dass sie sich das trauten.

Aber der Geistliche schimpfte nicht die Lümmel in den hinteren Reihen, sondern die Mädchen, die gar nichts getan hatten.
„Ihr Weiber! Ihr habt den Herrgott ans Kreuz gebracht“, schrie er erbost, die Buben strafte er kaum einmal.
Das war für Franzl eine völlig neue Erfahrung.

Der Katechet erzählte ihnen aufregende Geschichten aus der Bibel, die die Kinder sehr interessierten. Franzl und Steffl zeigten immer wieder auf. Sie wollten sich am Unterricht beteiligen. Aber nur selten wurde das Wort an sie gerichtet. Der Pfarrer tat so, als gäbe es sie nicht. Meistens rief er die Burgl und ihre Brüder, die Kinder des größten Bauern in Tulfer.

Erst viel später verstanden sie, dass sie der hochwürdige Herr Pfarrer als ledige Kinder augenscheinlich abgelehnt hatte.

****

Auf ihrem Heimweg mussten die Leitnerbuben vom Schulhaus noch ein Stück durchs Tal und dann über den Bergsteig hinauf zur Oberen Leite.
Dieser Weg führte am Talgrund beim Bruckstegerhof vorbei. Sie wussten, dass Burgl und ihre beiden Brüder dort daheim waren.

Als sie einmal zur Mittagszeit dorthin kamen, schlichen sie hinten bei der Scheune vorbei, um den Bruckstegerkindern nicht zu begegnen. Hinter dem Hof war niemand zu sehen, es waren wohl alle gerade beim Mittagessen.

Steffl und Franzl kraxelten einen kleinen Hügel hinauf und entdeckten unter sich einen Schuppen mit geöffnetem Fenster, das notdürftig mit schmalen Holzlatten vernagelt war. Das erregte ihre Neugier.
Sie gingen hinunter, stellten sich auf die Zehenspitzen und spähten zwischen den Ritzen hindurch. Direkt hinter dem Fenster stand ein Holzregal. Darauf waren kleine Graukäsekugeln zum Reifen aufgereiht.

Als sie genauer hinschauten, sahen sie, wie weiße Fliegenmaden über den reifenden Käse krochen. Sie wussten, dass die Bauern ihren Käse reifen lassen, indem sie ihn offen aufstellen, sodass die Fliegen ihre Eier hineinlegen und die Maden den Käse würzig machen. Vor dem Verzehr wird dann die äußere Schicht des Käses weggeschabt.

Die beiden konnten sich an den „tanzenden Würmern" nicht sattsehen.
Da hatte Steffl eine Idee. Franzl musste ihm helfen. Sie schleppten ein paar herumliegende Holzscheite herbei und stapelten sie direkt vor dem Fenster übereinander. Vorsichtig schauten sie, ob wohl niemand in der Nähe sei. Aber jetzt um die Mittagszeit war kein Mensch hinter dem Stall zu sehen.

Steffl stieg auf die Holzscheite, ließ seine Hose herunter und richtete den Urinstrahl genau auf die Fensterritzen und den dahinter liegenden Käse.
„Ich möchte die Würmer genau treffen und vernichten", lachte er voller Übermut.
Als er fertig war, forderte er Franzl auf: „Und jetzt du, Franzl! Du musst genau zielen!"
Dieser ließ sich das nicht zweimal sagen. Er kletterte auf den Holzstapel, öffnete seinen Hosenlatz und urinierte gezielt auf die vielen weißen Maden.

Danach zogen sie sich wieder an, warfen übermütig die Holzscheite ins Feld und machten sich auf und davon.

Auf dem Heimweg konnten sie sich vor Lachen kaum halten. Sie stellten sich vor, wie die Burgl und ihre beiden Brüder diesen Käse essen würden. Voller Genugtuung brüllten sie aus sicherer Entfernung: „Lass dir den Käse gut schmecken, Burgl!"

Endlich hatten sie das Gefühl, dass sie sich an ihr gerächt hatten, weil sie die Leitnerbuben wieder und wieder ausgelacht hatte.

An den folgenden Schultagen brachen sie immer wieder, wenn sie auf Burgl trafen, in lautes Gelächter aus und spotteten: „Hat's geschmeckt?"

Das Mädchen konnte sich keinen Reim auf dieses sonderbare Benehmen machen. Aber irgendwie ahnte Burgl, dass etwas passiert war. Das verunsicherte sie. Seither versuchte sie die beiden Leitnerbuben zu ignorieren und in Ruhe zu lassen.

1914

Winter auf dem Leitnerhof

Es war Mitte Februar, als eine Südströmung eine Unmenge Schnee brachte. Der Leitnerhof war von der Umwelt abgeschnitten und ein Schulbesuch war unmöglich, was die beiden Buben zu Freudentänzen veranlasste.

Der Großvater und Karl schaufelten die Küchen- und Stubenfenster frei, damit wieder etwas Licht hineinfiel. Steffl und Franzl hatten die Aufgabe, einen schmalen Gang zur Labe, einem kleinen Häuschen, in dem die Notdurft verrichtet wurde, freizulegen. Der Schnee lag so hoch, dass man die Labe kaum finden konnte.

Plötzlich ein Aufschrei: „Bei allen Heiligen, helft, der Höllawachl, der Höllawachl".
Karl war sofort bei den Buben: „Was soll denn das Geschrei?"
„Ja, siehst du denn nicht, da oben, hinter der Labe, da liegt er, der Höllawachl."

Inzwischen war auch der Großvater vor Ort: „So ein Blödsinn, es gibt keinen Höllawachl!"
„Freilich, der Karl hat gesagt, wenn wir nicht folgsam sind, kommt er und nimmt uns mit ins ewige Höllenfeuer."

„Jetzt beruhigt euch erst einmal! Der Karl soll hinaufstapfen und nachschauen."
Was dann auch geschah.

„Ihr Fürchtscheißer, das ist kein Höllawachl, das ist ein Hirschkalb, das nicht mehr weiter kann."
Eilig folgten die Buben Karls Spuren und fanden ein abgemagertes, völlig erschöpftes Tier vor, das weder vor noch zurück konnte.
„Vater, hol' den Stutzen, da ist nichts mehr zu machen", rief Karl dem Großvater zu.
Die Buben entsetzt: „Nein! Nix da! Wir ziehen des arme Hascherl hinunter zum Stall und tun es dort aufpäppelen".

Gesagt, getan. Im Stall bekam das Tier einen warmen Platz neben dem Kalbele und die Buben versuchten, es zu tränken und zu füttern.
Am nächsten Tag lag das Heu immer noch unberührt vor dem geschwächten Tier, das kaum den Kopf heben konnte.
„Des kommt nimmer auf, es ist zu schwach."
Unter lautstarkem Protest der Buben holte der Karl seinen Stutzen. Der Großvater brachte die Kinder ins Haus und Karl erlöste das Tier.

Das Hirschkalb wurde waidmännisch aufgebrochen und das Fleisch verarbeitet. Mena und die Großmutter zauberten ein Festtagsmenü. Es gab Hirschbraten mit Preiselbeeren, Kraut und Knödel.
„Das ist wie Sonntag und Kirchtag zusammen", schwärmte Karl und forderte die Buben auf, „langt's ordentlich zu!"
Das ließ sich keiner zweimal sagen, denn so gutes Fleisch gab es sonst das ganze Jahr über nicht.

***

An manchen Wintertagen, wenn der Schneesturm ums Haus tobte, wurde bereits am frühen Nachmittag die Petroleumlampe über dem Stubentisch angezündet. Der Bauernofen spendete wohlige Wärme.

Für eine besonders gute Stimmung sorgte Karl, der seine Klampfe holte und ein paar lustige Gstanzln vortrug. Ihm fielen zahlreiche Begebenheiten ein, die er in kurzen Reimen sehr zur Freude aller zum Besten gab. Das war ein Gelächter! Die Buben konnten nicht genug davon bekommen.
Manchmal hatte auch der Großvater einen lustigen Vierzeiler auf Lager. Zum Schluss gab es noch einen Jodler von Karl und ein paar ausgelassene Juchitzer vom Großvater.

Dann brachte Mena die Spielkarten: „Jetzt machen wir einen Watter!“
Die vier Leitnerischen setzten sich zwei und zwei gegenüber: der Großvater und die Nandl, Mena und Karl. In der Tischmitte lag ein Stapel Karten und daneben stand ein Krug Rotwein. Jeder der Spieler hielt fünf Karten in der Hand.

Steffl und Franzl knieten auf der Ofenbank, um das Spiel besser verfolgen zu können. Das war ein Hin und Her! Zeitweise hörte man siegessicheres Gelächter und dann herrschte wieder gespenstische Ruhe. Nach ein paar Gläschen wurde es lustiger, aber auch lauter.

Der Großvater rief: „I sag' Drei!“, der Karl, „und i sag' Vier!“
Die Nandl zum Großvater: „Es hat keinen Sinn, i glaub', es ist besser, wir geh'n“.
„Ja, wohin wollt ihr denn, bei dem Sturm?“ ängstigte sich Steffl.
Das war ein Gelächter. Franzl, der immer schnell begriff, wollte Steffl das Viererwatten erklären. Doch den interessierte das wenig und er ging in die Küche.

Franzl hingegen war fasziniert. Und schon bald kannte er die Spielkarten und begriff die Fingerzeichen, die sich die Spieler heimlich zudeuteten.
„Karl, du musst mir das Spiel ganz genau beibringen!“

„Und sonst noch was," warnte die Großmutter, „das Kartenspiel hat schon viel Unglück in die Welt gebracht".
„Ach was! Wenn du gut bist, kannst du beim Preiswatten eine Menge Geld gewinnen", meinte Karl.
„Oder Haus und Hof verlieren", warf der Großvater ernst ein.

Das gab Franzl zu denken. Ein paar Tage später brachte ihm die Großmutter dann doch das Watten bei. Franzl begriff schnell und, ehe man es sich versah, saß er als Mitspieler am Stubentisch.

Alle staunten über seine Fähigkeit, das Spiel an sich zu reißen. Und sogar der geübte Karl hatte seine Mühe gegen den Buben zu gewinnen.

****

In diesem Jahr 1914 gab es immer wieder besorgniserregende Berichte aus dem Kaiserreich, die auch bis ins Pfitschtal gelangten.

An den Sonntagen standen vor und nach dem Gottesdienst die Männer des Dorfes in Gruppen beisammen und sprachen über die neuesten politischen Meldungen. Die Frauen schlichen nach der Messe mit ernsten Mienen dicht an der Friedhofsmauer entlang nach Hause.

Der Großvater brachte von Wiesen die Sonntagszeitung mit, die er besorgt studierte und dann mit seiner Frau diskutierte.
„Es riecht nach Krieg," meinte er ernst.
Am Leitnerhof herrschte gedrückte Stimmung.

Franzl und Steffl konnten nicht verstehen, was das alles zu bedeuten hatte. Aber sie spürten die Bedrohung und eine unsichtbare Angst, die sich in ihr Leben einnistete.

Den Lehrer riechen

Das Schuljahr ging zu Ende und die Kinder genossen die freien Tage. An warmen Sommertagen brachten die zwei Buben die Ziegen auf die Weide, die sie dort hüteten. Mena packte ihnen Brot in einen Rucksack und gab ihnen eine Kanne Milch mit.

Mit einem Stock in der Hand trieben sie die Tiere durch den Wald, bis sie zu einem saftigen Weideplatz kamen. Dort ließen sie die Ziegen grasen. Die Buben vergnügten sich mit Steinen und Ästchen, beobachteten Käfer und Schmetterlinge und ließen ihrer Fantasie freien Lauf.

Als sie wieder einmal auf dem weichen Almboden lagen, schauten sie den Wolken nach. Sie malten sich Bilder aus, die die Schäfchenwolken in das Blau des Himmels zeichneten, und überlegten, welche Gesichter und Tiere sie in den Wolkengebilden erkannten.

Plötzlich setzte sich Franzl ruckartig auf.
„Der Lehrer kommt!“, rief er.
„Woher willst du das wissen? Da ist doch niemand“, lachte ihn Steffl aus.
„Ich kann ihn riechen“, erklärte Franzl, „ich kenn' doch den Tabakrauch seiner Pfeife!“
Nun bemerkte auch Steffl den Geruch, der leicht in der Luft schwebte.

Es dauerte nicht lange, dann kam zuerst der Jagdhund, dahinter der Lehrer mit der Pfeife im Mund. Er war ein begeisterter Jäger und hatte seine Flinte geschultert.
„Wen trifft man denn da? Das sind ja die Leitnerischen!“, begrüßte der Lehrer die Buben.
„Lehrer, der Franzl hat dich gerochen“, sagte Steffl.
„Ihr seid mir ja die zwei Richtigen!“, lachte er, „ihr habt den besseren Riecher als mein Hund!“

Er setzte sich kurz zu den beiden Buben.
„Wir sehen uns dann in der Schule wieder! Und dass ihr ja wieder jeden Tag kommt!“, drohte er scherzend mit dem Zeigefinger.
Dann machte er sich auf den Weg zum Hochstand.

Als sie nach Feierabend ihre Begegnung zu Hause erzählten, fragte der Großvater kopfschüttelnd: „Könnt ihr mich auch riechen?“
„Natürlich!“, riefen beide wie aus einem Mund.
„Aber du rauchst ein ganz anderes Kraut als der Lehrer,“ lächelte der Franzl verschmitzt, „und der Wind muss aus der richtigen Richtung kommen.“

Keine Erstkommunion

Inzwischen war es Herbst geworden. Die Blätter verfärbten sich und die Schule hatte wieder begonnen. Franzl und Steffl waren nun in der zweiten Klasse der ersten Abteilung.
An zwei Nachmittagen sollten sie vom Kooperator auf ihre Erstkommunion vorbereitet werden. Es waren insgesamt acht Kinder, die an diesem zusätzlichen Unterricht teilnehmen mussten.

An einem Nachmittag wurden sie über das Beichten belehrt. Zwei Mädchen flüsterten und kicherten verschämt und hielten sich die Hand vor den Mund. Steffl drehte sich zu ihnen um und begann ebenfalls zu lachen.
Das trieb dem Geistlichen die Zornesröte ins Gesicht.
Mit hochrotem Kopf beschimpfte er die Leitnerischen: „Solche Rotzbengel wie euch kann ich in meiner Religionsstunde nicht dulden. Ihr seid nicht reif, den Leib Christi zu empfangen!“

Dann schloss er die drei ledigen Kinder - die zwei Leitnerbuben und den Gamper Hias, den ledigen Buben einer Kellnerin - vom nachmittäglichen Unterricht aus. Er meinte, dass sie erst nächstes Jahr in der dritten Klasse zur Erstkommunion zugelassen seien und schickte sie aufgebracht nach Hause.

Als Steffl und Franzl dann an den folgenden Nachmittagen nicht mehr zu dieser Kommunionstunde gingen, fragte die Nandl: „Müsst ihr nicht zur Religionsschule für die Erstkommunion?" Steffl antwortete ihr, dass sie erst im nächsten Schuljahr ihre Erstkommunion hätten, und somit war dieses Thema erledigt.

Die Nandl und Mena nahmen wohl an, dass in diesen unsicheren Zeiten eine Verschiebung der Erstkommunion eine verständliche Sache sei.

Einberufung

Mena hatte schon seit längerer Zeit nichts mehr von Friedl, Steffls Vater, gehört. Umso erstaunter war sie, als er eines Sonntags zum Leitnerhof heraufkam. Er berichtete sehr bedrückt, dass er einrücken müsse. Obwohl er sich nie um Steffl gekümmert hatte, war es ihm jetzt wichtig, sich von seinem Sohn und von Mena zu verabschieden.
Die Nandl und der Großvater nahmen Franzl mit in die Küche und ließen die drei allein.

Als sich Friedl schweren Herzens verabschiedet hatte, erzählte Steffl, dass ihm der Vater seinen Taschenfeitel geschenkt habe. Voller Stolz zeigte er das Messer herum. Immer wieder holte er es aus seiner Hosentasche und betrachtete es ehrfürchtig.

Diesen Taschenfeitel trug er ab nun stets bei sich. Er verwendete ihn zum Maipfeiferlschnitzen, zum Ästeschneiden und zur Speckjause. Und besonders gerne schnitzte er seinen Namen in Zaunlatten und Holzpflöcke.

***

Der Erste Weltkrieg war ausgebrochen und im Herbst dieses Jahres erhielt auch Karl seine Einberufung. Er musste nach Galizien in den Kampf gegen Russland. Den schriftlichen Befehl hatte ihm ein Gendarm auf die Alm zugestellt.
Karl musste seine Tiere früher als sonst ins Tal zu den Bauern bringen. Dann hatte er noch zwei Tage, die er auf dem Leitnerhof verbrachte.

Er hatte sich von der Kriegsbegeisterung seiner Wirtshauskumpane anstecken lassen und sprach von einem kurzen Krieg und einem schnellen Sieg: „Serbien muss sterbien!“
Bis Weihnachten würde alles vorbei sein, so hatte er es von den anderen gehört.

„Das ist alles Kriegspropaganda, was da in den Zeitungen geschrieben steht. Man will euch junge Burschen in den Krieg locken. Das darfst du nicht alles glauben!“, versuchte der alte Bauer seinen Sohn eindringlich zu überzeugen.

Als der Tag des Abschiednehmens gekommen war, wurde Karl wortkarg und still. Er war nun nicht mehr zum Erzählen und Späßemachen aufgelegt.
Immer wieder strich er den Buben übers Haar und meinte: „Seid's brav und folgt's der Nandl und dem Großvater!“
Auch Franzl und Steffl war es schwer ums Herz. Er konnte ihnen auf ihre Fragen nicht sagen, wann er wieder heimkommen würde.

Der Abschied fiel allen schwer, die Nandl und Mena wischten sich die Tränen aus dem Gesicht. Der Großvater zeichnete seinem Sohn ein Kreuz auf die Stirn, Steffl und Franzl hielten sich an Karls Beinen fest, bis er sie von sich schob.

Er schulterte den Rucksack, warf noch einen letzten Blick auf seine Eltern, dann gab er sich einen Ruck und eilte mit raschem Schritt den Weg Richtung Wiesen.

Alle blickten ihm nach, bis er im Wald zwischen den Bäumen verschwunden war. Franzl ahnte nicht, dass er ihn zum letzten Mal gesehen hatte.

Diese Karte schickte Karl von seiner Kompanie in Rovereto, von wo aus er nach Galizien aufbrach.

Der Giggelewaschtl

Die Arbeit auf dem Leitnerhof musste ohne Karls Hilfe verrichtet werden. Steffl und Franzl, die inzwischen fast acht Jahre alt waren, konnten dem Großvater bereits tüchtig zur Hand gehen. Aber für's Holzen brauchte der Großvater die Hilfe eines erwachsenen Mannes. Und so wurde der Giggelewaschtl, ein Taglöhner aus Flains, für einige Tage eingestellt.

Der Waschtl war ein verwegen aussehender Kerl mit buschigen Brauen und einem dunklen Bart, der fast sein ganzes Gesicht bedeckte. Er konnte gut zupacken, aber er brauchte immer wieder eine kurze Pause, um einen kräftigen Schluck vom mitgebrachten Fusel zu sich zu nehmen.

Zu zweit sägten der Großvater und der Waschtl die Baumstämme in ofengerechte Prügel, eine schweißtreibende Arbeit.
Als Steffl und Franzl am darauffolgenden Tag von der Schule heimkamen, waren die Männer beim Holzhacken. Ein großer Haufen von Holzscheiten musste von Mena und den beiden Buben aufgeschichtet werden. Die Kinder reichten ihr die Holzscheite zu und Mena stapelte sie gekonnt an der wetterabgewandten Hausmauer auf, nur die Fensternischen blieben frei.

Als sie am späteren Nachmittag mit der Arbeit fertig waren, packte Waschtl seine Werkzeuge in den großen Rucksack. In der Hand hielt er eine kleine Blechschüssel mit aufgeweichten Brotresten.
„Die könnt ihr den Hennen verfüttern“, und er reichte Steffl die Schüssel. Dann machte er sich auf den Heimweg nach Flains.

Die Buben rannten ums Haus zum Anger, wo die Hühner scharrend herumliefen. Sie streuten ihnen die feuchten Brotreste auf den Boden, beobachteten sie beim Picken und begaben sich dann in die Küche.

Als sie beim Abendessen saßen, hörten sie draußen die aufgeregt gackernden Hennen und den laut krähenden Hahn.
„Das ist sicher wieder der Geier!“, warnte Franzl, nahm einen Stock und eilte hinaus, Mena und Steffl folgten ihm.

Vor dem Haus bot sich ihnen ein eigenartiges Bild: einige Hennen lagen auf dem Rücken und streckten ihre Beine zappelnd in die Höhe, andere torkelten laut gackernd umher. Dazwischen krähte heiser der aufgebrachte Hahn und stolperte über die Hennen

„Die armen Hennen!“, jammerte Mena.
Auch die Nandl und der Großvater waren inzwischen vor dem Haus.

„So ein Unglück!“, zeterte die Nandl, „wer hat meine Hennen vergiftet? Meine Piepelen!“
Mena schüttelte Steffl bei den Schultern: „Was habt ihr vermaledeiten Fratzen wieder angestellt?“
„Wir können nichts dafür! Wir haben ihnen nur ein paar Brotreste hingestreut!“, schluchzte Steffl.
„Die hat uns der Waschtl für die Hennen gegeben“, plärrte Franzl.
„Jetzt seid einmal ruhig und erzählt, welches Zeug ihr den Hennen verfüttert habt!“, versuchte der Großvater etwas Ruhe in das Durcheinander zu bringen.

Franzl holte aus der Küche die kleine Blechschüssel: „Die hat uns der Waschtl gegeben. Da waren die Brotbrocken drinnen.“
Der Großvater roch an der Schüssel, wischte sie mit dem Finger aus und leckte ihn ab.
„Da war Schnaps drinnen, ganz eindeutig“, stellte er fest. „Die Hennen sind wahrscheinlich besoffen, so wie der Giggelewaschtl, dieser Sauniggl!“

Die Großmutter lamentierte: „Ich hab‘ keine Hennen mehr! Woher soll ich jetzt Eier nehmen? Was soll ich nur tun?“
„Gar nichts! Wir tragen die Hennen in den Stall, dort werden sie ihren Rausch bald ausgeschlafen haben“, beruhigte der Großvater.
Gemeinsam trugen sie die Hühner hinein und legten sie vorsichtig in ihre Strohnester.

Steffl und Franzl plagte das schlechte Gewissen, weil sie sich von Waschtl zu diesem üblen Scherz hatten anleiten lassen. Und ihnen tat die Nandl leid, sie wussten, wie wichtig für sie ihre Hennen und die Eier waren.

„Die Buben können nichts dafür, aber der Waschtl. Dem werde ich am nächsten Sonntag die Wadl nach vorne richten!“, schimpfte der Großvater.

Am nächsten Tag tappten die Hennen samt Hahn wie immer aus dem Stall, scharrten und gackerten, als wäre nichts gewesen. Es

dauerte allerdings ein paar Tage, bis die Hühner wieder ihre Eier legten.
Doch das konnte die Nandl verschmerzen, Hauptsache war, dass die Tiere den Rausch überstanden hatten.

Als der Großvater am Sonntag nach der Messe in Wiesen den Giggelewaschtl traf, las er ihm gehörig die Leviten. Doch dieser stellte sich dumm, er wisse von nichts und überhaupt gehe ihn das alles gar nichts an. Mit unschuldiger Miene erklärte er, er habe so wie immer seine Arbeit gemacht.

Der Großvater ärgerte sich und machte sich auf den Heimweg. Ihm stand nicht mehr der Sinn nach einem Ratscher mit den anderen Bauern, wie es sonst nach dem Kirchgang üblich war.

1915

Schlechte Neuigkeiten

Der Krieg war nicht, wie vorausgesagt, im Winter des Jahres zu Ende. Im Gegenteil – von jedem Hof in der Umgebung wurden weitere junge Männer einberufen. Die Gespräche drehten sich jetzt um Kriegsstätten, Schützengräben und Lazarette und um Soldaten, von denen man in unregelmäßigen Abständen Briefe oder Postkarten als Lebenszeichen bekam. Oder auch nicht mehr bekam.

Als Julie, Franzls Patin, am Pfingstsonntag ihre Eltern auf dem Leitnerhof besuchte, brachte sie eine überraschende Neuigkeit mit.
„Stellt euch vor, die Zenzi hat mir geschrieben, dass sie geheiratet hat,“ erzählte sie.
Weiters wusste sie, dass Zenzi nicht mehr beim Notar als Hausmädchen arbeitete.

„Sie wohnt jetzt mit ihrem Mann, dem Pichler Karl, in einer Stadtwohnung in Bozen. Ihr Mann hat eine gute Anstellung bei der k. u. k. Eisenbahn“, berichtete sie.
Die Nandl und der Großvater blickten besorgt. Sie ahnten, dass Zenzi den Franzl bald zu sich holen könnte.

Auch Franzl beschlich eine bange Ahnung, dass ihn seine Mutter von Tulfer fortbringen könnte.
Aufgebracht und mit zitternder Stimme rief er: „Aber ich bleibe bei der Nandl und beim Großvater, das kannst du ihr ausrichten!“

Mit „ihr“ meinte er seine Mutter, aber er brachte dieses Wort nicht über die Lippen. Er hielt es in der Stube nicht mehr aus und stürmte nach draußen. Auch Steffl hatte diese Nachricht erschreckt und er folgte ihm. Er wusste, dass er Franzl in der hintersten Ecke des Heubodens finden würde.

Als Julie mit Mena und ihren Eltern allein war, eröffnete sie ihnen, dass Zenzi ihren Buben wohl bald zu sich nach Bozen holen würde.
Der Großvater nickte nur und meinte: „In der Stadt hat der Bub ganz andere Möglichkeiten als hier bei uns auf dem Berg.“
Die Nandl und Mena gaben zu bedenken, dass die Trennung beiden Buben sehr schwerfallen würde und dass Zenzi vielleicht zu streng für Franzl wäre.
Aber, so schmerzlich es für sie auch war, sie mussten diese Entscheidung akzeptieren.
„Sagst halt der Zenzi, dass sie den Franzl den Sommer über noch dalassen soll“, bat Mena ihre Schwester Julie.
„Ich werd‘ es ihr schreiben“, versprach diese.

Franzl und Steffl saßen währenddessen auf dem Heuboden und überlegten sich, wie sie es anstellen sollten, dass Franzl bleiben könnte.
Sie hatten die Idee, sich auf der Alm zu verstecken, wo Karl als Hirte gearbeitet hatte. Aber sie wussten nicht, wer jetzt diese

Hütte bewirtschaftete. Außerdem wollten sie ihre Großeltern und Mena nicht allein lassen.
„Ich geh einfach nicht mit, wenn sie mich holen will", sagte Franzl trotzig.

Von nun an achteten sie voller Misstrauen auf jede kleine Veränderung, versuchten die Gespräche der Erwachsenen zu belauschen oder Hinweise auf einen baldigen Besuch Zenzis zu erkennen.
Aber vorerst geschah nichts.

Franzl wurde wieder von seinen Albträumen heimgesucht. Immer wieder erschien ihm seine Mutter als Riesin, die ihn holte und deren großen Hände er nicht entkommen konnte.

***

Der Sommer kam und mit ihm auch die Heuarbeit. Während des Winters hatte der Großvater für jeden Buben eine kleine Sense geschmiedet. Sie waren beide stolz darauf, denn jetzt durften sie erstmals mit auf die Mahd gehen.

Früh am Morgen zeigte ihnen der Großvater, wie sie die Sense richtig führen mussten. Dazu begab er sich mit ihnen auf den steilen Anger vor dem Haus.
„Zuerst sucht ihr euch einen guten Stand, damit ihr sicher steht", erklärte er den beiden. Er stellte sich breitbeinig auf und mit leichtem Schwung führte er die Sense durch das feuchte Gras.
„Ihr müsst gut aufpassen, dass ihr immer genügend Abstand zueinander haltet, damit keiner von euch verletzt wird!", ermahnte er die Buben.

Nachdem sie auch das Schärfen der Sense, das Wetzen, gelernt hatten, zogen sie die ersten Schnitte im frischen Gras. Steffl war der stärkere von beiden und hatte bald einen beachtlichen Vorsprung. Franzl gelang es kaum, mit ihm Schritt zu halten. Doch Franzls Mähen sei exakter, lobte der Großvater.

Schon bald durften sie zum Heuen aufs Hochmahd. Auf dem Weg dorthin mussten sie eine steile Schotterrinne queren.
„Passt gut auf, dass ihr auf keinen Beißwurm tretet!“, mahnte Mena.

Barfuß wie immer machten sich die Buben auf den Weg. Bereits beim ersten Queren entdeckten sie eine schwarze Otter. Steffl verscheuchte die Schlange mit seinem Bergstock und das Reptil verkroch sich in einer Felsspalte.
Ängstlich hüpften sie von Stein zu Stein, immer auf der Hut vor weiteren Beißwürmern.

Später klopften sie mit ihren Stöcken gegen die Steinplatten, denn der Großvater hatte ihnen erklärt, dass die Schlangen Erschütterungen wahrnehmen und sich dann verkriechen.
Trotzdem blieb die Angst und der Weg dorthin war für die beiden immer ein gruseliges Abenteuer.

Ein trauriges Lebewohl

Der Himmelfahrtstag im August war vorbei und die zweite Mahd stand an. Die Leitnerischen saßen gerade beim Mittagessen, als für alle überraschend Zenzi in die Küche trat.
Sie grüßte, schloss sofort hinter sich die Küchentür, wohl um zu verhindern, dass Franzl sich davonschleichen konnte. Sie setzte sich dicht neben ihren Buben an den Küchentisch und erklärte, dass sie ihn heute noch nach Bozen mitnehmen werde.

Keiner brachte mehr einen Bissen hinunter.
Sie bat ihre Schwester Mena, Franzls Sachen - seine Kleidung, die Schiefertafel und Schulzeugnisse - zusammenzupacken.
Die Nandl eilte mit Mena hinaus in den Hausgang, sie konnte ihre Tränen nicht mehr zurückhalten.

Steffl schlug vor Wut mit der Faust auf den Küchentisch. Der Großvater legte seine Hand auf die geballte Kinderfaust.
„Das muss so sein. Der Franzl gehört zu seiner Mutter. Du bist ja auch bei der deinigen“, wirkte er beruhigend auf ihn ein.

„Aber meine Mutter ist die Nandl. Bei ihr möchte ich bleiben. Hier bin ich daheim!“, rief Franzl aufgebracht.
Er spürte, wie er einen heißen Kopf bekam, die Tränen stiegen ihm in die Augen und er fühlte sich dieser Situation hilflos ausgeliefert. Er wusste instinktiv, dass ihn seine Mutter mitnehmen würde und dass er alles, was ihm lieb und vertraut war, zurücklassen musste.
„Wir müssen dem Großvater beim Mähen helfen!“, versuchte er einen Ausweg zu finden.
„Das kann er schon allein. Dazu wird er nicht so ein Buberl wie dich brauchen“, wehrte Zenzi seinen Einwand mit einem Achselzucken ab.

Inzwischen waren die Nandl und Mena wieder in die Küche gekommen. Sie hatten in einem Rucksack Franzls Habseligkeiten eingepackt. Der Großvater stand schwerfällig auf, ging in die Speisekammer und holte ein schönes Stück Speck, wickelte es in Zeitungspapier und legte es in den Rucksack.

Franzl lief zu ihm, umfasste ihn und bat weinend: „Lasst mich doch da bei euch! Ich will nicht fort! Wer soll denn den Geier vertreiben, wenn er wieder unsere Hennen holen will? Der Steffl kann das doch nicht!“

Zenzi stand auf: „Du bist ja nicht aus der Welt, du kannst sie ja einmal besuchen. So, jetzt sag Pfüat Gott. Es eilt. Wir müssen noch den Zug nach Bozen erwischen.“

Laut schluchzend nahm Franzl Abschied von Mena, der Nandl, dem Großvater und zum Schluss von Steffl.
Zenzi umfasste seine Hand mit festem Griff, verabschiedete sich kurz und schulterte den Rucksack.

Der Großvater ermahnte seine Tochter: „Der Franzl ist ein guter und braver Bub. Du musst nicht zu streng mit ihm sein.“

Mit festen Schritten eilte Zenzi mit Franzl an der Hand hinaus. Der Bub warf noch einen letzten Blick zum Leitnerhof und zum Stall, wo er seine Tiere wusste.
Zum Abschied rief er Steffl zu: „Ich komm' zurück, ganz bestimmt!“
Dann stolperte er hinter seiner Mutter her. Er blickte traurig und verzweifelt zurück auf die Menschen, die er liebte, auf das Bauernhaus, in dem er glücklich gewesen war. Er sah sein bisheriges Leben entschwinden, schwankte hinter seiner Mutter her, bis er nichts mehr erkennen konnte, weil ihm die Tränen den Blick trübten.

Zenzi lockerte ihren Griff nicht eine Sekunde und Franzl ließ sich nur widerstrebend mitziehen.
„Du wirst sehen, wie schön es in der Stadt ist. Und du brauchst einen Vater. Der Pichler ist schon der richtige für dich.“
Für Franzl klang diese Äußerung wie eine Drohung.
„Und warum nennt sie ihn den Pichler? Er ist doch ihr Mann!“, überlegte er für sich. Er war es gewohnt, jemanden beim Vornamen zu nennen.

Im Eilschritt war sie nach Wiesen unterwegs, nahm keine Rücksicht auf das Kind an ihrer Hand, das kaum mit ihren großen Schritten mithalten konnte.

Für Zenzi unverhofft gelang es Franzl sich loszureißen. Flugs drehte er um und rannte den Weg, den sie gekommen waren, zurück. Er wollte nur noch heim zum Steffl, zu Mena und den Großeltern.

Fluchend riss sich Zenzi den Rucksack von den Schultern und eilte Franzl mit großen Schritten hinterher. Der Bub stolperte und schon hatte ihn Zenzi beim Krawattl. Sie hielt ihn an den Hosenträgern fest und keuchte. Ihre Augen glühten vor Zorn.

Franzl wurde angst und bange, als er ihren entschlossenen Gesichtsausdruck wahrnahm.
„Das machst du nicht noch einmal mit mir!“, schrie sie ihn an.

Sie blickte sich kurz um, dann riss sie Franzl die Lederhose herunter. Am Wegesrand wuchsen üppige Brennnesselstauden. Sie zerrte ihn dorthin, packte ihn grob und rieb seinen nackten Hintern in die Brennnesseln. Franzl spürte, wie ihm die scharfen Nesseln die Haut verbrannten.
„So, das wirst du dir merken, mein Lieber. Wenn du nicht gehorchst, wirst du bestraft. Dir werde ich schon Manieren beibringen. Zieh dich an!“

Franzl fühlte die Schmerzen an seinen dünnen Beinen und an seinem Hinterteil. Alles brannte und er spürte, dass ihm die Nesseln Blasen verursachten. Er versuchte die Tränen hinunterzuschlucken, doch sie kullerten über seine Wangen. Aber er gab keinen Laut von sich. Seine Mutter zerrte ihn grob an der Hand und er folgte ihr widerstandslos bis nach Wiesen.

Von dort wurden sie von einem Fuhrwerk bis nach Sterzing mitgenommen. Sie eilten zum Bahnhof und mussten kurz auf den Dampfzug warten.
Schweigend saßen sie auf der Bank in der Wartehalle. Franzl hatte keinen Blick für den Bahnhof. Sein ganzer Körper schmerzte und er konnte nur auf einem winzigen Eckchen der Bank sitzen.

Franzl erschrak, als mit lautem Zischen in einer riesigen Wolke aus Rauch und Wasserdampf die Lokomotive einfuhr. Unter tosendem Lärm bremste der Stahlkoloss und kam zum Stehen.
Zenzi schulterte ihren Rucksack. Mit ihrem Buben an der Hand stieg sie ein und sie fanden einen Platz in einem Zugabteil.
Dort zog Zenzi einen Kamm aus ihrer Tasche, kämmte ihn und versuchte mit Spucke seine dunklen Locken zu bändigen.

Der Zug ratterte über die Geleise und mit jedem Ruck fühlte sich Franzl weiter von seinem Zuhause entfernt.

Er dachte: „Bloß nicht weinen, sonst kann ich nicht mehr aufhören."
Noch nie war er sich so verloren und hilflos vorgekommen.

„Tut es noch weh?", fragte Zenzi.
Franzl schüttelte trotzig den Kopf. Nie hätte er zugegeben, dass seine Haut immer noch wie Feuer brannte. Zenzi blickte gleichgültig aus dem Fenster. Ihre Wut war inzwischen verraucht.

Trotz seiner Schmerzen bewunderte Franzl die Landschaft, die vor dem Fenster vorbeizog. Er staunte über die vielen Häuser und Felder, die es gab. Er war noch nie aus dem Pfitschtal herausgekommen und hatte gar nicht gewusst, wie groß die Welt war.

Franzls neue Heimat

Als sie in den Bahnhof von Bozen einfuhren, nahm Zenzi den Rucksack: „Komm, wir sind da."
Mit einem kreischenden Bremsen hielt der Zug. Sie stiegen aus und Zenzi blickte sich um. Dann entdeckte sie ihren Mann.
„Dort ist der Pichler", sagte sie zu Franzl und deutete mit ihrem Kopf Richtung Bahnsteig.

Franzl erblickte einen Mann, der sich auffallend gerade und aufrecht hielt und zu ihnen herüberschaute. Er war akkurat gekleidet, hatte rötliche Haare und einen aufgezwirbelten Schnauzbart. Die buschigen Augenbrauen verstärkten seinen strengen Blick.

„So, so. Das ist also dein Bub, der Franzl", begrüßte er seine Frau.
„Na, da werden wir schon etwas draus machen", meinte er mit strengem Blick.
Dann machten sie sich auf den Weg zu ihrer Wohnung.

Franzl kam aus dem Staunen nicht heraus. Er bewunderte die großen, herrschaftlichen Häuser, bei manchen konnte er nicht einmal das Dach sehen, so hoch schienen sie ihm.

Es war ein geschäftiges Treiben auf den breiten Straßen. Sie begegneten vielen Menschen, Pferdewägen und Kutschen. Franzl konnte sich nicht entscheiden, wohin er zuerst schauen sollte. Ein nie gekannter Lärm und Dunst erfüllten die Luft.

„Da wohnen wir," sagte der Pichler nicht ohne Stolz. Sie standen vor einem alten, großen Bürgerhaus. Eine halbrunde Tür führte in einen dunklen Hausgang. Der Geruch von Moder schlug ihnen entgegen.
Boden und Stiege waren aus Stein, eine steile Wendeltreppe führte in die Wohnung im zweiten Stock. Sie bestand aus einer geräumigen Küche, einem Schlafzimmer und einem Kabinett, das wohl vielmehr eine kleine Abstellkammer war.

Dorthin führte Zenzi den Buben. Sie hatte ihm zwischen Holzregalen und aufeinandergestapelten Kisten und Schachteln ein Bett gerichtet. Der Raum wirkte unfreundlich. Er hatte nur ein kleines Fenster, das so hoch lag, dass man nicht hinausblicken konnte.

Der Abort befand sich auf dem Gang und war für alle Bewohner dieses Stockwerks gedacht. Zenzi zeigte ihm den hölzernen Verschlag in der hinteren Ecke des Ganges.
„Aber in der Nacht brauchst du nicht dorthin zu gehen. Ich stelle dir einen Nachttopf unters Bett", erklärte sie ihm.

In der Küche goss ihm Zenzi eine Schale Milch ein und gab ihm ein Stück Brot.
„Du wirst hungrig sein, iss etwas, bevor du schlafen gehst", forderte sie ihn auf.
Franzl setzte sich gehorsam an den Tisch. Er war müde, ergriff mit beiden Händen die Milchschale und stützte die Ellbogen auf dem Tisch auf.

Als der Pichler in die Küche kam, versetzte er dem Buben einen kräftigen Klaps auf den Hinterkopf: „Sitz ordentlich! Rücken gerade, Hand auf den Tisch! So, jetzt darfst du trinken!“
Franzl war eingeschüchtert. Er setzte sich kerzengerade hin und befolgte die Befehle.

Der Pichler nahm umständlich auf seinem Stuhl Platz. Zenzi reichte ihm den Speck, den ihr der Großvater eingepackt hatte.

Der Pichler richtete sich ein Schneidbrett, nahm sein Taschenmesser heraus und schnitt bedächtig ein paar Speckstreifen ab. Diese zerteilte er in schmale Stückchen.
Mit dem Messer spießte er jedes Teil einzeln auf, brach ein Stück Brot ab und aß mit Genuss. Seiner Frau oder gar Franzl gab er kein Stückchen ab. Ab und zu nahm er einen kräftigen Schluck Rotwein.

Zenzi betrachtete ihren Ehemann. Sie hätte wohl auch gern gekostet, wagte aber nicht darum zu bitten. Der Duft des Geselchten erfüllte die Küche.

Als er satt war, nahm der Pichler das Stück Speck, wickelte es wieder in das Zeitungspapier und legte es in ein versperrbares Kästchen in der Kredenz. Mit einem Schlüssel verschloss er die Tür und steckte ihn in seine Westentasche.

Franzl konnte kaum glauben, was er soeben erlebt hatte. Auf dem Leitnerhof hatte es so etwas nie gegeben. Im Gegenteil, die Nandl, Mena und der Großvater hatten den Buben immer die besten Stücke gegeben, nie war ihnen etwas vorenthalten worden.

Als Franzl im Bett lag, konnte er die Tränen, die er tagsüber unterdrückt hatte, nicht länger zurückhalten. Er starrte an die dunkle Decke, die Erlebnisse des Tages gingen ihm durch den Kopf. Es erschien ihm so unwirklich, was heute alles passiert war. Seine ganze Welt war aus den Fugen geraten.

Er fühlte sich einsam, hilflos war er dem Pichler und der Mutter ausgeliefert. Der Gedanke, hierbleiben zu müssen, war fast nicht zu ertragen.
Seine Großeltern, Mena und ganz besonders sein Steffl fehlten ihm. Er war fest entschlossen, wieder zurück zum Leitnerhof zu gehen. Dieser Gedanke war wie ein Strohhalm, an den er sich festklammerte.
Er versuchte, nicht zu weinen, aber das gelang ihm nicht. Immer wieder wurde er von Schluchzern geschüttelt.

Er überlegte hin und her, wie er es anstellen könnte, zurück nach Tulfer zu kommen. Aber der Weg dorthin schien ihm endlos weit und unüberwindlich. Endlich fiel er in einen unruhigen Schlaf.

***

Am nächsten Tag musste er die Lodenhose und das Hemd, seine Schulkleidung, die er in Tulfer getragen hatte, anziehen. Der Pichler war schon frühmorgens zur Arbeit gegangen.

Zenzi begleitete ihren Buben in die Stadt und besorgte ihm eine neue, gute Hose für die Schule. Außerdem kaufte sie ihm ein blaues Matrosenjäckchen mit silbernen Knöpfen und einem großen Kragen. Den Kragen und die Ärmel zierten jeweils drei weiße Streifen.
Franzl kam sich in diesem Aufzug wie ein Mädchen vor und er nahm sich vor, dass er diese Jacke nie anziehen würde. Doch er wagte nicht, seiner Mutter zu widersprechen.

Dann musste er zum Friseur und seine lockigen Haare wurden kurz geschoren. Franzl ließ alles ohne Widerrede mit sich geschehen. Er wollte nicht noch einmal einen Wutanfall seiner Mutter riskieren und dachte, dass er bei nächster Gelegenheit ohnehin davonlaufen werde.

Am Abend begutachtete der Pichler den Buben. „Ja gut, jetzt schaut er schon manierlicher aus. Halt dich gerade, Brust heraus,

Kopf nach oben!“, befahl er und gab ihm einen Schubser in den Rücken.
„Aber diese schwarzen Haare und so braungebrannt, wie er ist, er schaut ja aus wie ein Walscher, wie ein Tschingeler!“, schüttelte er missbilligend den Kopf.
„Man sieht sofort, dass ich nicht dein Vater bin. Merk dir gut, ich bin dein Ziehvater“, wandte er sich an Franzl.
Der verängstigte Bub wusste nicht, was diese Worte bedeuten sollten, aber er wagte nicht nachzufragen.

Der Pichler

Karl Pichler stammte aus Niederösterreich. Er hatte als junger Mann eine Metzgerlehre absolviert.
Als er dann zum Militär kam, war er von der Zucht und Ordnung, die bei der österreichischen k. u. k. Armee herrschten, hellauf begeistert. Als kurze Zeit später bei der k. u. k. Staatsbahn eine Stelle frei wurde, bewarb er sich und arbeitete sich zum Verschubmeister hoch. Als solcher wurde er nach Bozen versetzt. Die Nachtdienste waren gut bezahlt und er konnte über die Eisenbahn auch sofort eine geeignete Wohnung beziehen.

Auf einer Sonntagspromenade in Bozen lernte er seine zukünftige Frau Zenzi kennen. Sie verbrachte ihren freien Nachmittag in der Stadt und hatte sich auf eine Bank gesetzt. Der Pichler kam mit ihr ins Gespräch und lud sie ins Kaffeehaus ein.
In militärischer Art stellte er sich ihr vor, erzählte von seiner beruflichen Laufbahn und verabredete sich zu einem Treffen am darauffolgenden Sonntag. Zenzi gefielen sein weltmännisches Auftreten und seine bestimmende Art, seine vornehme Kleidung und seine rasche Entschlossenheit.

So kam es, dass sie sich regelmäßig trafen. Er erfuhr, dass Zenzi bereits einen Sohn hatte. Er war zwar nicht begeistert, aber seine

Einstellung dazu war, dass er sich dieses Kindes annehmen wolle. Zugleich erklärte er ihr, dass er kein Interesse an weiteren Kindern hätte.
Ihr zukünftiger Mann stellte sich bei Zenzis Dienstgeber, dem Notar und seiner Frau, vor und erklärte, dass er in der Lage sei, für Zenzi und deren Kind zu sorgen. Und so dauerte es nicht lange, bis geheiratet wurde. Gleich darauf zog sie zu ihm in seine bürgerliche Wohnung.

Hochzeitsfoto von Zenzi und Karl Pichler

Zenzi war zwar sechs Jahre älter als der Pichler, aber er hatte von Anfang an das Sagen. Er bestimmte über sie. Und so unglaublich es klang, die sonst so kämpferische Zenzi fügte sich, aber sie nannte ihren Mann nie bei seinem Vornamen, sondern hieß ihn immer den „Pichler“.

Karl Pichler kam es nicht in den Sinn, Zenzis Eltern kennenzulernen und um ihre Hand anzuhalten. Zenzi dachte zwar daran, zu ihren Eltern nach Tulfer zu fahren und ihren Mann dort vorzustellen. Aber sie wagte nicht, dies dem Pichler vorzuschlagen.

Karl Pichler lernte Zenzis Eltern und ihre Familie zeitlebens nie kennen.

***

Es waren ja noch Ferien und so musste Franzl tagsüber bei seiner Mutter in der Wohnung sitzen. Sie teilte ihm Arbeiten zu. Besonders bei der Hausarbeit musste er behilflich sein. Manchmal schickte sie ihn in den Hof hinunter zum Brunnen, um frisches Wasser zu holen. In einem großen Kübel schleppte er das Wasser die Treppe in den zweiten Stock hinauf. Dabei musste er darauf achten, dass das Wasser nicht überschwappte und seine Kleidung benetzte.
Im Innenhof traf er auf Frauen, die sich zu einem Schwätzchen am Brunnenrand zusammengetan hatten. Er hörte ihr frohes Lachen und dachte bei sich, dass bei seinen Eltern nur ernste, strenge Worte oder gar Schweigen vorherrschten.

Seine Mutter hatte ihm verboten, sich mit anderen Kindern zu unterhalten.
„Die sind nichts für dich," erklärte sie ihm. Franzl verstand das nicht.

Er durfte nur gemeinsam mit seiner Mutter das Haus verlassen, so auch, wenn sie zum Einkaufen ging. In den Straßen gab es so viel Interessantes zu sehen, dass er aus dem Staunen nicht herauskam. Er beobachtete Handwerker, die in ihren Werkstätten hämmerten und bohrten, Schuhe reparierten und Holz bearbeiteten. Der Markt bot eine Fülle von Waren, deren Namen Franzl noch nie gehört hatte. Ganz besonders gut gefielen ihm die Geschäfte unter den Lauben. Dort gab es Hutmacher, Apotheken, riesige Bankhäuser und Kunstateliers. In den Hofeinfahrten wurden Fuhrwerke mit Kisten und Fässern beladen und den Pferden wurde das Geschirr angelegt. Am meisten beeindruckten ihn aber vorbeifahrende Automobile. Er malte sich aus, wie er Steffl das alles beschreiben würde, wenn er wieder zu Hause in Tulfer sein würde.

Beim Abendessen wiederholte sich an den folgenden Tagen immer wieder dasselbe Ritual: der Pichler holte den Speck aus der versperrten Kredenz, schnitt kleine Stückchen ab, kaute sie andächtig und verschloss den restlichen Teil des Specks wieder. Nie verlor Zenzi ein Wort darüber. Sie und Franzl gaben sich mit Kartoffeln oder Brotsuppe zufrieden.

In diesem Spätsommer war es extrem heiß in Bozen. Tagsüber hielten sie sich bei geschlossenen Fensterläden in der Wohnung auf. Drinnen war es stickig und warm.

Auch in der Nacht kühlte es kaum ab. Am Abend öffnete Zenzi alle Fenster und Türen, aber es gab fast keinen Luftzug. Nur mit einem Leintuch zugedeckt lag Franzl in seinem Bett. Er wälzte sich hin und her, er sehnte sich nach der kühlen Bergluft in Tulfer.

Wenn er am Morgen aufwachte, wusste er manchmal nicht, ob sein Polster nassgeschwitzt oder von seinen Tränen durchnässt war. Immer wieder träumte er von Steffl, wie er mit ihm die Ziegen hütete, durch den Wald streifte und die Geier verjagte. Er konnte einfach nicht glauben, dass das alles nun vorbei sein sollte.

An einem Abend verkündete der Pichler, dass er Franzl in der nahen Volksschule angemeldet hätte. Er würde die dritte Klasse besuchen. Er belehrte ihn, wie er sich in der Schule zu verhalten habe.

„Disziplin, Pflichterfüllung und Gehorsam, das sind die obersten Gebote deiner Erziehung", verkündete er dem Buben, „und ich als dein Ziehvater habe die Aufgabe, deine Arbeiten zu überwachen und aus dir einen anständigen Menschen zu machen."

Franzl hatte keine Ahnung, was ein Ziehvater war. Auf alle Fälle war der Pichler kein richtiger Vater und auch kein Großvater. Aber er war der Mensch, der über sein Leben bestimmte und dem er gehorchen musste.

Schrebergarten

Der Pichler arbeitete bei der Bahn im Schichtwechsel, das heißt, er war tagsüber beschäftigt oder er musste Nachtdienste leisten.
Nach den Nachtdiensten kam er frühmorgens nach Hause, dann schlief er einige Stunden.
Bei schönem Wetter ging es meist hinaus zum Schrebergarten. In einem kleinen Handwagen wurde das Essen für den ganzen Tag mitgeführt, außerdem leere Kisten und Schachteln aus dem Kabinett, in dem Franzl schlief. Darin wurden dann die geernteten Früchte, Kartoffeln und verschiedenes Gemüse nach Hause transportiert.

Dieses Gärtchen lag am südlichen Rand von Bozen inmitten einer großen Anlage von Schrebergärten, die von Eisenbahnern gepachtet waren und von ihnen bewirtschaftet wurden.

Der Schrebergarten von Karl Pichler hatte einen großen Gemüsegarten, einen kleinen Kartoffelacker, ein paar Sträucher mit roten und schwarzen Johannisbeeren, einen Nussbaum und einen Apfelbaum. In einer kleinen Hütte in der Mitte des Gartens waren die Gartengeräte verstaut. Davor stand ein Tisch mit einer Bank.

Der Pichler fühlte sich als stolzer Grundbesitzer und führte sich dort auch entsprechend auf. Er teilte seiner Frau und Franzl die Arbeiten zu, während er ein Fläschchen Rotwein trank.

Meist musste zuerst einmal gegossen werden. Der Brunnen befand sich am Rand der Gartenanlage und so wurde Franzl beauftragt, Wasser zu holen. Er stellte die leeren Wasserkübel in den Handwagen, fuhr damit zum Brunnen und füllte sie auf. Dann musste er die Gießkanne befüllen und die Pflanzen wässern.

Der Pichler, der es gewohnt war zu befehlen, gab seiner Familie Anweisungen. Viel mithelfen konnte er nicht, weil er sich ja vom Nachtdienst ausrasten und erholen musste.

Zenzi und Franzl harkten, setzten die Pflanzen, jäteten das Unkraut, ernteten Bohnen, Erbsen, Salate und Rüben, pflückten Beeren und häuften Erde an den Kartoffeln an.
Die geernteten Früchte, das Gemüse und die Beeren mussten zu Hause verwertet werden. Die Mutter war tagelang damit beschäftigt einzukochen und einzuwecken.

***

Manchmal kam Wilhelm, Pichlers Eisenbahnerkollege, vom benachbarten Garten vorbei. Die beiden Männer saßen dann auf der Bank vor der Hütte, tranken ein Glas Wein und diskutierten über ihre Arbeit und über die Politik, vor allem über den Verlauf des Krieges.

Dieser Eisenbahnerkollege hatte einen Sohn. Ulrich war gleich alt wie Franzl und kam auch in die dritte Klasse.
Franzl freute sich immer, wenn Ulrich mitkam. Die beiden verstanden sich gut und Ulrich erzählte ihm vom Lehrer und von den Mitschülern. Manchmal durfte Franzl auch in den Garten zu Ulrichs Familie. Seine Mutter war eine lustige Frau, die den ruhigen Franzl mochte und freundlich aufnahm. Ulrich hatte noch drei kleinere Schwestern.

Worum ihn Franzl echt beneidete, war das Fahrrad seines Vaters, mit dem Ulrich schon fahren konnte. Das große, schwere Rad hatte eine Querstange. Da Ulrich zu klein dafür war, hatte er eine eigene Technik entwickelt. Er hielt das Rad an der Lenkstange, ein Bein schob er unter der Querstange durch und trat in die Pedale. Das sah halsbrecherisch aus. Franzl wollte das unbedingt auch erlernen. Er wagte aber nicht, den Pichler um Erlaubnis zu fragen.

Aber jedes Mal, wenn er mit seiner Mutter allein im Schrebergarten war, besuchte er Ulrichs Familie und bat darum, das Fahrradfahren zu erlernen. Nach einigen Stürzen und Hautabschürfungen gelang es ihm, die Pedale zu treten, das Gleichgewicht zu halten und das Rad zu lenken.
Seine große Begeisterung für das Radfahren war geweckt und konnte auch durch kleinere Verletzungen nicht gebremst werden.

Das Diktat

Das Schuljahr begann. Der Pichler brachte ihn am ersten Schultag zum Herrn Direktor. Dort wurden seine Zeugnisse aus Tulfer begutachtet, dann kam er in seine Klasse. Es war eine reine Knabenvolksschule. Und er freute sich, dass er neben Ulrich sitzen durfte.

Zum ersten Mal musste Franzl in ein Heft schreiben, es gab keine Schiefertafel mehr.
Franzl fiel auf, dass es weniger streng zuging als in Tulfer. Der Lehrer ging nicht mit dem Rohrstock durchs Klassenzimmer. Trotzdem waren die Schüler ruhig und aufmerksam. Auch beim Pfarrer herrschte Ruhe. Niemand wagte zu grölen oder zu lachen, wie er es von Tulfer kannte.

Gleich am zweiten Tag mussten die Schüler ein Diktat schreiben. Das hatte es in der Schule in Tulfer nie gegeben. Doch Ulrich hatte ihm davon schon erzählt. Und so schrieb Franzl den angesagten Text in sein Heft. Danach wurde es abgesammelt.

Als er es am nächsten Tag zurückbekam, war alles rot angestrichen. Er hatte insgesamt 34 Rechtschreibfehler.
Als er sich das Diktat durchlas, dachte er sich bei jedem falschen Wort: „Ja genau, so schreibt man das!“
Zugleich stellte er fest, dass ihm die rot angestrichenen Wörter eigentlich gut gefielen. Er hatte ja noch nie einen roten Farbstift gesehen, geschweige denn selbst einen verwendet.
In Tulfer hatte der Lehrer nie auf die Rechtschreibung hingewiesen. Ab jetzt schaute Franzl beim Lesen besonders auf die Schreibung der Wörter. Beim zweiten Diktat hatte er nur noch vier Fehler.

Sein Lieblingsfach war jedoch das Rechnen. Er konnte rasch kombinieren, im Kopfrechnen war er bald der schnellste in der Klasse. Er half Ulrich oft bei den Hausaufgaben und erklärte ihm die Lösungen.
Die Anerkennung beim Lehrer und bei den Mitschülern war eine ganz neue und schöne Erfahrung für ihn.

Der Leib Christi

In der Schule wurde in der kleinen Hauskapelle die Frühmesse gehalten. Die Schüler saßen nach Klassen geordnet in den Bänken. Sie wurden vom Lehrer zum Empfang der Kommunion zum Altar geführt. Franzl wusste nicht, was er tun sollte. Er hatte ja noch keine Erstkommunion erhalten. Er wagte aber nicht, den Empfang der Hostie zu verweigern.

Gemeinsam mit seinen Mitschülern kniete er sich auf die Altarstufe. Er schielte zu den anderen, streckte so wie sie die Zunge heraus. Mit einem „Corpus Christi“ verabreichte ihm der Pfarrer die Hostie.
Die Hostie klebte an seinem Gaumen. Sein Mund war vor Aufregung trocken, nur mit Mühe konnte er die Oblate hinunter-

würgen. Er wartete, was jetzt geschehen würde. Der Pfarrer in Tulfer hatte den Schülern erklärt, wer in Sünde die Kommunion empfängt, dem würden die Zunge verbrennen und die Finger und Zehen abfaulen.
Obwohl nichts dergleichen geschah, hatte Franzl ein schlechtes Gewissen.

Zu Hause erzählte er seiner Mutter, dass er in Tulfer nicht bei der Erstkommunion gewesen sei und dass er jetzt in der Kirche die Hostie bekommen hätte.
Die Mutter meinte, er müsse es verheimlichen. Er dürfe zu niemandem etwas sagen und solle einfach weiter zur Kommunion gehen. Sie ärgerte sich über die Pfaffen und bekräftigte, dass man denen nicht alles glauben dürfe.
Sie hatte sofort verstanden, dass ihm in Tulfer als ledigem Kind die Erstkommunion verweigert worden war.

So kam es, dass Franzl nie seine Erstkommunion feiern konnte. Da ihm keine Zunge verbrannte und keine Finger und Zehen abfaulten, konnte ihn von nun an so manche kirchliche Drohung nicht mehr so leicht erschüttern.

Keschtnbraten

Es war Spätherbst, die Tage wurden kürzer und der Schrebergarten war abgeerntet. Ulrich erzählte Franzl, dass die Kastanien jetzt reif wären. Franzl konnte mit dieser Aussage nicht viel anfangen, er kannte die Kastanien nicht.
Ulrich bat seinen Vater, dass Franzl zum „Keschtnbraten“ zu ihnen kommen dürfe. Daraufhin lud der Arbeitskollege Wilhelm den Pichler und seine Familie zu sich in den Garten ein.

Am Vortag halfen die Kinder trockene Gartenstauden, Laub und Holz zusammenzutragen und aufzuschichten. Am nächsten

Tag machten sich Franzl, Ulrich und seine Schwestern schon früh auf den Weg zu einem Kastanienhain. Dort sammelten sie die braunen Maroni, die zwischen den trockenen Blättern versteckt auf dem Boden lagen. Mit ihren Füßen scharrten sie im Laub und suchten nach den begehrten Früchten. Manche waren noch in ihrer stacheligen Schale versteckt und sie schälten sie vorsichtig heraus.
Ulrich fand einen Holzstock und damit schlug er Kastanien vom Baum und die anderen sammelten sie ein. Ulrich wusste mehrere Plätze, wo Kastanienbäume wuchsen, und so waren die Kinder fast den ganzen Tag mit dem Sammeln beschäftigt.

Zurück im Schrebergarten hatten die Männer bereits ein Feuer entfacht. Mit einem scharfen Messer wurden die Kastanien eingeschnitten und dann in einer Pfanne, die kleine Löcher im Boden hatte, über der Feuersglut geröstet. Die Kastanien in der Pfanne mussten ständig geschwenkt werden, damit sie gleichmäßig gebräunt wurden. Der Duft der verbrannten Schalen erfüllte die Luft. Endlich waren die Kastanien fertig und die heißen Früchte wurden auf den Tisch geleert.

Jeder konnte sich davon nehmen. Franzl machte es den anderen nach. Er brach die Schale auf, blies sich immer wieder auf die heißen Finger und genoss die Kastanienfrüchte. Sie schmeckten ihm sehr. Er hatte das Gefühl, noch nie etwas so Gutes gegessen zu haben.
Dazu herrschte eine fröhliche, fast ausgelassene Stimmung. Ulrichs Schwestern kreischten, wenn sie sich die Finger verbrannten, die Erwachsenen tranken ein paar Gläschen Wein und sogar der Pichler bekam rote Wangen und unterhielt sich lautstark und gut.
Als der Abend hereinbrach, zogen Rauchschwaden über den Schrebergarten, das Feuer verglühte, der Geruch der gerösteten Kastanien hing noch in der Luft.

Und Franzl dachte an Steffl, den er jetzt so gern bei sich gehabt hätte, um mit ihm diesen Abend zu verbringen, die „Keschten“ zu genießen und über Tulfer, die Nandl, den Großvater und den Leitnerhof zu erzählen.

<u>Sonntagspromenade</u>

Am schlimmsten waren für Franzl die sonntäglichen Ausflüge mit seinen Eltern. Die Vorbereitungen begannen schon am Vormittag. Zuerst rasierte sich der Pichler in der Küche. Im Unterhemd stand er gebückt vor einem kleinen Spiegel. Er verrührte mit einem Pinsel die Rasierseife mit Wasser, dann schäumte er seine Wangen und das Kinn sorgfältig ein. Das scharfe Rasiermesser zog er an einem Lederriemen ab.
Beim Rasieren verzog er das Gesicht zu den verschiedensten Grimassen. Niemand durfte ihn bei dieser Prozedur stören, denn wenn er sich schnitt, gab er sofort die Schuld der Mutter oder Franzl.
Anschließend stutzte er seinen Schnauzer in Form und zwirbelte ihn nach oben. Immer wieder begutachtete er sich im Spiegel.

Inzwischen hatte die Mutter Wasser aufgesetzt. Sie stellte eine Blechwanne auf, goss das heiße Wasser ein und Franzl wurde gebadet.
„Schrubb' ihn ordentlich ab, damit seine Haut heller wird“, befahl der Pichler.
Ordnung und Sauberkeit gingen ihm über alles. Und seinen Hang zur Pedanterie bekam auch Franzl stets zu spüren.
Nach dem Bad begutachtete der Pichler Franzls Hände, Füße und Ohren, ob alles gewaschen und sauber war.

Am Nachmittag musste Franzl sein Matrosenjäckchen anziehen, denn der sonntägliche Familienspaziergang stand auf dem Plan. Die Mutter trug ihr Festgewand und einen federgeschmückten Hut. Der Pichler hatte den besten Gehrock angezogen, die silberne Taschenuhr eingesteckt und den Flanierstock in der Hand.

Wieder musste sich Franzl einer Kontrolle unterziehen, ob die Schuhe wohl sauber geputzt und die Haare glattgekämmt waren. Erst dann verließen sie gemeinsam das Haus.

Franzl in seinem ungeliebten Matrosenanzug

Auf der Straße hakte sich die Mutter beim Pichler unter.
„Franzl, du gehst immer genau vier Schritte vor uns“, befahl der Pichler, „und du drehst dich nicht nach uns um. Ich sag' dir schon, wohin du gehen musst!“

Franzl musste also vorausgehen. Vom Pichler kamen die Befehle, wenn er zu schnell oder zu langsam unterwegs war oder wohin er abbiegen musste. Franzl durfte sich nicht umdrehen und nach seinen Eltern schauen. Daher war es für ihn sehr schwierig, den

richtigen Abstand zu halten. Manchmal konnte er sich nach dem Spiegelbild in einem Schaufenster orientieren.
Wenn er zu langsam ging und dem Pichler zu nahe kam, gab ihm dieser einen Schubser mit dem Flanierstock oder eine Kopfnuss mit seiner Faust.

Der Pichler freute sich, wenn er andere Leute traf, die er höflich grüßte, indem er seinen Hut zog. Manchmal blieb er auch stehen und unterhielt sich mit einem Passanten. Ein kurzer Pfiff war für Franzl jedes Mal das Zeichen zum Anhalten und dann zum Weitergehen.

Für Franzl waren diese Spaziergänge eine Tortur und er war immer froh, wenn es regnete oder wenn es im Sommer zu heiß dafür war. Außerdem schämte er sich in dieser lächerlichen Matrosenjacke.
Aber solange er in die Volksschule ging, gab es für ihn keine Ausrede, um sich vor diesen Spaziergängen drücken zu können.

1916

Alltag bei den Pichlers

In der Schule musste Franzl einiges aufholen, was er in Tulfer nicht gelernt hatte. Er übte fleißig, um mit der Feder sauber und ohne Kleckser zu schreiben.
Zum Glück ging ihm alles leicht von der Hand. Immer wieder konnte er lobende Wort des Lehrers einheimsen. Das war etwas, was er zu Hause nie bekam. Diese Anerkennung spornte ihn an und er erhielt in allen Fächern sehr gute Noten.

Wenn er zu Hause bat, dass er ein neues Heft, Stifte oder ein Tintenfass brauchte, regte sich der Pichler jedes Mal auf, dass er schon wieder Geld ausgeben müsste, noch dazu für ein Kind, das ja nicht seines wäre.

„Soll sich doch der Graf um seinen Sprössling kümmern,“ warf er dann seiner Frau Zenzi vor.
Franzl verstand seine Äußerungen nicht, er wagte auch nicht, seine Mutter danach zu fragen.

Bei den Streitereien seiner Eltern ging es fast immer um Geld und da ganz besonders um das Geld, das für Franzl benötigt wurde. Wenn Franzl im Bett lag, hörte er oft den Pichler über den „feinen Herrn, der sich um nichts kümmert“ schimpfen. Und wenn der Pichler vom „feinen Herrn“ sprach, war das zwar kein Schimpfwort, aber so, wie er es aussprach, in diesem abfälligen Ton, kam es Franzl so vor. Und allmählich konnte sich Franzl zusammenreimen, dass es da wohl um seinen leiblichen Vater ging.

Der Pichler kontrollierte das Wirtschaftsgeld genau. Jeden Sonntag musste ihn Zenzi um Geld für ihre Einkäufe bitten und er zählte ihr den genauen Betrag auf den Tisch.

Woher seine Mutter dann doch ein bisschen eigenes Geld hatte, wusste Franzl nicht. Aber eines Nachmittags sagte sie ihm, dass er zu ihr kommen solle, wenn er etwas für die Schule brauche, und sie steckte ihm dann heimlich etwas Kleingeld zu.

Es war eines der wenigen Male, dass seine Mutter ihm half, sonst widersprach sie dem Pichler nie. Aber so konnte sie den Querelen ihres Mannes ein wenig aus dem Weg gehen.

Denn sobald der Pichler zu Hause war, gab es Missstimmung, Auseinandersetzungen und Streit. Franzl hatte immer Angst, etwas falsch gemacht zu haben.

***

Das Schlafzimmer der Eltern hatte ein Fenster in den Innenhof des Hauses. Dort waren ein paar Bäume und der Brunnen, wo die Bewohner Wasser für den täglichen Gebrauch holten.

Oft spielten Kinder fangen, kletterten auf die Bäume oder plantschten im Wasser.
Wenn der Pichler nach der Nachtschicht schlafen wollte, störte ihn das Gejohle der Kinder und er schrie dann im Befehlston in den Hof, dass sie sofort heimgehen sollten.

Als er wieder einmal eines Nachmittags in seiner Ruhe gestört wurde, schimpfte er beim Fenster hinaus, dass die Bande sofort zu lärmen aufhören sollte.

Eine Nachbarin, wohl die Mutter der Kinder, öffnete ihr Fenster und rief zum Pichler, er habe nicht das Recht, ihre Kinder zu maßregeln.
Ausgerechnet er, der nicht einmal seine Vaterlandspflichten im Krieg erfülle, habe ihren Kindern gar nichts zu befehlen. Ihr Mann sei seit einem Jahr einberufen, und dem gehe es nicht so gut, dass er - wie der Pichler - einen Mittagsschlaf halten könne.

Dem Pichler schoss die Zornesröte ins Gesicht. Er stieg, so wie er war – in langer Unterhose und Unterhemd – auf einen Schemel, öffnete das Fenster weit, beugte sich hinaus, damit ihn jeder in voller Größe betrachten konnte.

Dann brüllte er hasserfüllt: „Wer bist du, dass du so mit mir reden kannst? Ich leiste daheim meinen Dienst. Ich arbeite die ganze Nacht als Verschieber bei der Bahn und sorge dafür, dass dein Mann im Krieg Nachschub bekommt und auch dass ihr, du und deine Brut, zu essen habt. Ich könnte dich wegen übler Nachrede und Verleumdung anzeigen! Wenn du dich traust, dann komm doch herüber zu mir und wir gehen gemeinsam aufs Revier!“

Sein Gesicht war immer noch hochrot, als er vom Fenster zurücktrat.
„Der hab ich's gezeigt“, meinte er zufrieden.

Die Nachbarin rief ihre Kinder sogleich ins Haus. Die anderen Kinder im Hof schielten ängstlich hinauf zu Pichlers Fenster.

Von nun an, wenn der Pichler untertags schlafen wollte, genügte ein Pfiff aus dem Fenster und die Mütter holten eilig ihre Kinder herein.

***

An manchen Abenden spielte der Pichler mit Franzl Mühle. Er legte das Brett auf den Tisch, teilte die schwarzen und weißen Steine aus und begann mit dem Spiel.

Jedes Mal hatte er schon beim Setzen der Spielsteine eine Mühle, oft sogar eine Doppelmühle, und nahm Franzl der Reihe nach alle Steine weg. Über seinen Sieg freute sich der Pichler wie ein kleines Kind und schlug sich auf die Schenkel.

Franzl überlegte hin und her, warum er keine Chance gegen ihn hatte. Während des Tages sinnierte er über verschiedene Spielzüge, aber am Abend verlor er wieder. Dann versuchte er sich zu merken, wie sein Ziehvater vorging, welche Strategie er verwendete.

Als er einmal darum bat, als Erster beginnen zu dürfen, verwehrte ihm das der Pichler, denn er hatte eine genau eingeübte Reihenfolge, wie er seine Steine auflegte.

Daraufhin überlegte sich Franzl, nicht zu versuchen, eine gegnerische Mühle zu verhindern, sondern eine eigene Mühle zu bilden.
Damit brachte er den Pichler aus dem Konzept. Und Franzl nutzte den Vorteil, den letzten Stein zu setzen. Plötzlich hatte er eine Doppelmühle und nahm dem Pichler alle Spielsteine ab. Am Ende hatte Franzl gewonnen.

Zenzi, die am Tisch saß und die beiden beobachtete, machte sich über den Pichler lustig und rief: „Ja, wie? Du lässt dich von einem kleinen Buben schlagen?“

Daraufhin sprang der Pichler auf, warf die Steine vom Tisch und sagte: „Dann spiel doch du mit deinem Gscheitling! Ich mag nicht mehr.“

Von diesem Tag an blieb das Mühlespiel für immer in der Tischschublade.

***

Einige Wochen später erreichte die Pichlers eine Karte von Julie. Sie schrieb, dass Karl auf Heimatbesuch in Tulfer sei, dass er aber bald wieder einrücken müsse.
Er sei gesund aus Galizien zurückgekehrt. Sein neuer Befehl laute, dass er an die italienische Front, zum Pasubio, müsse. Das sei für alle eine schwere Belastung.

Er habe ihr aufgetragen, alle von ihm zu grüßen, ganz besonders aber Franzl. Auch von den Großeltern, von Steffl und von Mena richtete sie Grüße aus.

Franzl wurde von der Sehnsucht nach dem Leitnerhof überwältigt. Er fühlte ein Brennen in der Brust, das er fast nicht aushielt.

Wenn er die Augen schloss, sah er alles vor sich, die Stube mit der Ofenbank, das vertraute Gesicht der Nandl und des Großvaters, Mena in der Küche und natürlich Steffl, der jetzt ohne ihn mähen und der Nandl im Stall helfen musste.

Und er dachte an Karl, an seine spaßigen Geschichten und dass er nun weiterhin an der Front kämpfen musste.

Am Abend weinte er sich in den Schlaf. Er sah keinen Ausweg. Immer mehr beschlich ihn die Gewissheit, dass er nie wieder zurück nach Tulfer konnte.

1917

Freundschaft

Franzl und Ulrich waren inzwischen beste Freunde geworden und auch Ulrichs Vater Wilhelm verstand sich gut mit dem Pichler. Er war sein untergebener Arbeitskollege bei der Bahn, ein ruhiger besonnener Mann, der dem Pichler nie widersprach.

Franzl durfte auch zu Ulrich nach Hause. Ihm gefiel, wie die Eltern mit ihren Kindern umgingen. Auch wenn die Mädchen untereinander oder mit ihrem Bruder Ulrich stritten, fiel kein böses Wort und die Eltern versuchten stets zu schlichten. Wilhelm machte immer wieder Späße mit seinen Kindern und die Mutter drückte oft ihre Mädchen an sich.

Ulrich und seine Schwestern spielten gerne im Hof hinter dem Haus mit ihren Murmeln. Jeder von ihnen besaß kleine bunte Tonkügelchen. Mit ihren Schuhabsätzen bohrten sie ein kegelförmiges Loch in den Boden. Dann wurde die Erde um diese Grube geglättet, Steinchen entfernt und die Ränder abgeflacht.

Nun versuchten die Spieler, die Murmeln der Gegner mit der eigenen Murmel in das Loch zu kegeln. Der Sieger erhielt dann die Murmeln der Mitspieler.
Franzl schaute gerne zu, ihn faszinierte dieses Spiel.

Ulrichs Mutter hatte ihn dabei beobachtet. An einem Nachmittag schenkte sie ihm ein Stoffsäckchen gefüllt mit bunten Murmeln. Franzl war hocherfreut, nun konnte er auch mitspielen. Jeden Abend zählte er daheim seine Murmeln und rechnete sich aus, wie viele er gewonnen oder verloren hatte.

Immer wieder gesellten sich Kinder aus der Nachbarschaft zur Gruppe. Einige besaßen bunte Glaskugeln, die schwerer waren und dadurch auch leichter in Richtung Grube gerollt werden konnten.

Nachdem Franzl schon eine ganze Reihe von Tonmurmeln verloren hatte, gelang es ihm, eine Glaskugel zu ergattern. Voller Stolz betrachtete er sie, hielt sie gegen die Sonne und blickte durch sie hindurch. Die gelben und grünen Farbeinschlüsse verwandelten die Umgebung in bunte Prismen und spiegelten das Sonnenlicht. Er konnte sich am bunten Farbenspiel nicht sattsehen. Diese Kugel brachte er nie zum Murmelspiel mit, sie war sein größter Schatz.

Eines Tages gesellte sich Vico, ein italienischer Bub, zu ihnen. Er besaß eine Bleikugel. Diese war größer und schwerer als die Tonmurmeln und so konnte Vico die anderen der Reihe nach besiegen. Wenn er dennoch einmal verlor, tauschte er seine Kugel blitzschnell gegen eine Tonmurmel aus.
Die Mitspieler protestierten zwar, aber er lachte nur.

Franzl überlegte, wie er Vico überlisten könnte. Bald hatte er einen Plan. Nachdem er schon fast all seine Kugeln gegen Vico verloren hatte, konnte er durch einen geschickten Stoß endlich einmal gewinnen.

Vico grinste achselzuckend und wollte seine bleierne Kugel gegen eine leichte Tonkugel tauschen. Doch Franzl war schneller. Er rannte zur Grube, entnahm seinen Gewinn, zu dem auch die Bleikugel zählte. Dann steckte er alles in die Hosentasche und sauste aus dem Hinterhof. Das geöffnete Tor warf er hinter sich ins Schloss und hetzte durch die Gassen, bis er außer Atem zu Hause ankam.

Er hatte kein schlechtes Gewissen, da er diese Kugel ja rechtmäßig gewonnen hatte.
Nun konnte er zwei besondere Kugeln sein Eigen nennen, die bunte Glaskugel und die schwere Bleikugel. Ein wenig Angst blieb allerdings vor Vico.

An den nächsten Tagen mied er den Hinterhof. Als er später seinen Freund Ulrich im Schrebergarten traf, erzählte ihm dieser, dass alle Kinder, auch seine kleinen Schwestern, Vico verlacht und verspottet hätten. Dieser sei dann zornig abgezogen und hätte italienische Schimpfworte gerufen, was dazu führte, dass alle noch lauter lachten. Seither habe man ihn nicht mehr gesehen.

In Ulrichs Augen und in den Augen seiner Schwestern war Franzl ein Held, einer, der sich etwas getraut hatte. Zum Glück trafen Franzl und Vico nie wieder aufeinander.

***

An einem gemütlichen Nachmittag saßen der Pichler und Wilhelm auf der Bank im Hof. Sie sprachen über den Kriegsverlauf, über die neuesten Meldungen und über die Südwestfront. Sie waren beide unabkömmlich in ihrem Beruf und fühlten sich auch zu Hause an der Heimatfront wichtig.

Ulrich und Franzl hatten aus Zeitungspapier Boote gefaltet und spielten damit im Brunnen.
Während des Gesprächs erkundigte sich Wilhelm beim Pichler, ob Franzl schwimmen könne. Der Pichler verneinte und Wilhelm bot an, beide Buben zur Etsch mitzunehmen und ihnen das Schwimmen beizubringen. Dort, gar nicht weit von den Schrebergärten kenne er eine Bucht, wo man schwimmen lernen könnte.

Der Pichler war einverstanden, denn körperliche Ertüchtigung war ihm wichtig. Dass Ulrich von seinen Eltern viele Freiheiten zugestanden bekam, verwunderte den Pichler zwar, aber er wollte nicht zurückstehen.

Für Franzl eröffnete sich in diesem Sommer ein neuer Freiraum, er durfte mit Ulrich zum Schwimmen.
Nach der Arbeit im Schrebergarten machten sie sich auf den Weg. Wilhelm fuhr mit dem Rad. Abwechselnd konnten die Buben auf dem Gepäckträger sitzen. Einer lief immer ein Stück daneben mit, dann wechselten sie.

Franzl hatte anfänglich Angst vor dem reißenden Wasser. Aber Wilhelm zeigte ihm, dass die Stelle in der Bucht zum Schwimmenlernen ungefährlich war.
„Weiter draußen gibt es gefährliche Strömungen“, warnte er und zeigte ihnen, wie weit sie sich hinauswagen durften.

Er führte die beiden Buben ins Wasser, zeigte ihnen die Schwimmbewegungen und hielt sie mit seinen Händen in der Schwebe, bis sie sich selbstständig zu schwimmen trauten. Es dauerte nicht lange und bald schwammen und tauchten sie in der flachen Bucht, achteten aber immer darauf, nicht zu weit hinausgetrieben zu werden.

An heißen Sommertagen kam Ulrich, um ihn zum Schwimmen abzuholen. Wenn Franzl im Schrebergarten mit der Gartenarbeit fertig war, durfte er mit Ulrich zur Bucht. Nach dem Schwimmen im kühlen Wasser legten sie sich ins Gras, blickten den Wolken nach und Franzl fühlte sich fast wie in Tulfer auf der Weide.
Sie vergnügten sich, indem sie Steine ins Wasser warfen und sich im Weitwerfen überboten.
Franzl genoss diese Stunden mit seinem besten Freund.

***

Nach einem heißen Sommer kamen sie im Herbst in die fünfte Klasse Volksschule. Jetzt wurde vom Lehrer Druck gemacht, ob man in die Bürgerschule gehen darf oder in der Volksschule verbleiben muss.
Für Franzl stand der Übertritt schon früh fest, aber Ulrich tat sich im Rechnen schwer. Franzl half seinem Freund bei den Aufgaben und verbrachte viele Nachmittage damit, um mit ihm zu lernen. Er tat das mit viel Freude und großem Einsatz, denn er wollte unbedingt seinen besten Freund weiterhin in der Schule bei sich haben.
Als endlich feststand, dass Ulrich auch in die Bürgerschule durfte, war die Freude groß.

Wilhelm kam mit einer Flasche Wein zum Pichler und bedankte sich für Franzls Hilfe. Der Pichler war überrascht, denn er hatte nicht gewusst, dass Franzl etwas dazu beigetragen hatte.

***

Der Weltkrieg zog sich in die Länge. Die Lebensmittel wurden immer knapper. Die Eisenbahner hatten ihre Schrebergärten und konnten mit ihrer Ernte besser als andere Menschen in der Stadt über den Winter kommen.

An einem Herbsttag kam der Pichler grantig nach Hause. Verärgert berichtete er, in einem benachbarten Schrebergarten seien Kartoffeln ausgegraben und gestohlen worden.

„Das waren die Walschen, die wollen sich alles unter den Nagel reißen. Wenn ich so einen erwische, den hänge ich eigenhändig auf!“, tobte er.
Was man denn dagegen tun könne, fragte die Mutter.
„Wir müssen Wachen aufstellen, bis alles abgeerntet ist“, beschloss er energisch.

Und so geschah es dann auch. In kleinen Gruppen taten sich die Eisenbahner zusammen, um ihre Gärten in der Nacht zu bewachen. Manchmal übernachtete der Pichler im Schuppen und kam nur zum Essen nach Hause.

Die Ernte musste jetzt möglichst schnell eingebracht werden. An den Sonntagen brachen Franzl und seine Mutter schon frühmorgens auf, um Kartoffeln, Kraut und Gemüse zu ernten. Mit dem Handwagen transportierten sie ihre Früchte nach Hause.

Der Pichler befahl, den befüllten Handwagen mit Ästen und Reisig abzudecken. Er befürchtete, dass Kartoffeln oder Krautköpfe während des Heimführens aus dem Wagen gestohlen werden könnten.

Zu Hause kam alles in ein versperrbares Kellerabteil. Der Pichler bewachte mit strengem Blick das Ablagern.

Die Mutter musste das Gemüse verarbeiten. Die Kartoffeln kamen in eine große Kiste im Keller. Sie wurden mit Säcken zugedeckt, um möglichst lange haltbar zu bleiben. Rüben, Sellerie, Rettich und Karotten wurden in Sandkisten eingelagert.

Am meisten Arbeit benötigte das Kraut. Mit einem Hobel wurde es fein geschnitten. Die Mutter legte große Krautblätter in ein Holzfass und darauf lagenweise das gehobelte Kraut, vermischt mit Salz, gehackten Zwiebeln und Küchenkräutern wie Kümmel und Wacholderbeeren. Nachdem Franzl mit seinen nackten Füßen das Kraut gut eingestampft hatte, kam darüber ein Holzbrett, das mit Steinen beschwert wurde. So hielt das Kraut im kühlen Keller den ganzen Winter über. Kraut gab es dann als Suppe, als Zuspeise zu Kartoffeln, als Rouladen oder als Eintopf. Verhungern musste beim Pichler niemand.

Zenzi war eine gute Köchin, die alles verwertete und so jeden Tag etwas auf den Tisch brachte. Sie warf die Blätter der Rüben nicht fort, sondern bereitete daraus eine schmackhafte Suppe. Oft musste Franzl Blätter von Löwenzahn, Sauerampfer oder sogar Brennnesseln sammeln, die sie dann dazumischte.

***

„Die Walnüsse im Schrebergarten sind jetzt reif“, stellte der Pichler an einem Herbsttag fest, „die Äste reichen bis auf den Weg hinaus. Du musst jeden Tag in der Früh in den Garten und die heruntergefallenen Nüsse draußen auf dem Weg aufsammeln,“ befahl er seinem Ziehsohn, „sonst sind sie nämlich weg!“

Für Franzl bedeutete das, am Morgen noch vor Schulbeginn zum Schrebergarten zu eilen, dort die Nüsse aufzusammeln und im Schuppen in eine Kiste zu legen und diesen dann zu versperren. Danach konnte er sich erst auf den Schulweg machen.

Auch am späteren Nachmittag wurde er immer wieder zum Nüssesammeln in den Schrebergarten geschickt.
Im dortigen Schuppen legte Franzl die Nüsse zum Trocknen auf.
Nach ein paar Wochen musste er die Schalenreste und Fasern, die an den Walnüssen hafteten, mit einer harten Bürste sauber abkratzen.
Franzl machte das mit großer Sorgfalt und trug die Nüsse dann im Rucksack nach Hause. Zenzi füllte sie in einen großen Leinensack, den sie im Kabinett aufhängte.

Franzl erledigte diese Arbeit mit Freude, denn ihm schmeckten Walnüsse, und er freute sich schon darauf, wenn an kalten Winterabenden die Nüsse geknackt werden durften.

***

Zum Schluss wurden im Garten noch die Äpfel gepflückt und anschließend in die Regale in Franzls Kabinett gelegt. Der Apfelduft erfüllte den kleinen Raum und begleitete Franzl in den Schlaf. Es gehörte auch zu seinen Aufgaben, jeden Tag Nachschau zu halten, ob ein Apfel angefault war. Die faule Stelle wurde ausgeschnitten und Franzl durfte den Apfel essen.

Erst als alles abgeerntet war, konnten die Eisenbahnerkollegen ihre Nachtwachen einstellen.

Ersehntes Wiedersehen

Es war kurz vor Allerheiligen, als Zenzi Franzl eröffnete, dass sie einen Besuch bei den Großeltern in Tulfer machen würden. Vor lauter Aufregung konnte er am Abend nicht einschlafen.
Er freute sich darauf, die Nandl, den Großvater, Mena und vor allem Steffl wiederzusehen. Wie mochte es ihnen inzwischen ergangen sein?

Er war überrascht, wie sehr er die Sehnsucht nach „seiner“ Familie immer noch tief im Herzen verspürte. Dieses Gefühl hatte er in den vergangenen Tagen, Wochen und Monaten unterdrückt, denn sonst wäre ihm sein Leben unerträglich erschienen.

Endlich war es so weit. Schon frühmorgens ging er mit seiner Mutter zum Bahnhof und dann fuhren sie mit der Eisenbahn nach Sterzing. Voller Erwartung blickte er aus dem Fenster, sah die Landschaft vorbeiziehen und staunte wieder darüber, wie groß doch die Welt war.

Von Sterzing aus eilten sie nach Wiesen und von dort auf dem schmalen Steig weiter zur Oberen Leite in Tulfer. Zenzi hatte den Großeltern eine Karte geschrieben und ihren Besuch angekündigt.

Das letzte Stück hastete Franzl voraus, bis er endlich vor dem Leitnerhof stand. Der Großvater saß auf der Bank vor dem Haus und rauchte seine Pfeife.
Mit einem Lachen im Gesicht erhob er sich. Franzl lief ihm entgegen und reichte ihm die Hand. Doch der Großvater zog ihn zu sich und drückte ihn an sein Herz.
„Mein Gott, der Franzl ist wieder da! Du bist aber groß geworden, warst erst noch so ein Bübl“, und er zeigte mit der Hand, wie klein Franzl gewesen war, als er weggeholt wurde.

Da kamen auch schon die Nandl und Mena aus dem Haus.
„Unser Franzl ist da! Steffl, wo bist du?“, rief Mena und strich ihm über den Kopf.
Die Nandl wischte sich die Tränen aus den Augen: „Mei Büabl, mei Büabl! Dass ich dich noch einmal sehe, das ist eine Freude!“
Inzwischen war auch Zenzi am Hof angelangt und wurde begrüßt.

„Kommt herein, ihr müsst ja hungrig sein“, forderte Mena Zenzi und Franzl auf.

Jedoch Franzl eilte zum Stall: „Ich schau' zuerst, wo der Steffl umgeht.“

Im hintersten Teil der Tenne, auf ihrem geheimen Platz, saß Steffl und schien auf ihn zu warten.
„Jetzt warst du lang nimmer da“, begrüßte er ihn.
Franzl war erstaunt, wie groß er geworden war. Steffl überragte ihn um fast einen Kopf, die strohblonden Haare hingen ihm in die Stirn.
Und Steffl stellte fest: „Dir haben sie die Haare aber arg gestutzt!“

Zuerst war eine eigenartige Fremdheit zwischen den beiden. Keiner wagte etwas zu sagen.
„Wie ist es denn in Bozen?“, fragte Steffl.
Franzl hatte sich so viel vorgenommen, was er Steffl alles erzählen wollte, aber er antwortete nur: „Nicht so schön wie da bei euch!“

Dann fragte er Steffl nach der Schule aus. Er besuchte immer noch die Volksschule in Tulfer, er war jetzt bei den „Großen“ in der Klasse und gehörte zu den Buben, die in der Religionsstunde grölten und störten, die aber vom Pfarrer nie bestraft wurden. Als dann das Gespräch auf die Burgl und die Würmer im Käse kam, war das Eis zwischen den beiden endgültig gebrochen.
Die alte Vertrautheit war wieder da, sie lachten und jeder wollte noch mehr vom anderen wissen.

Steffl erzählte voller Stolz, dass er mit dem Taschenfeitl seines Vaters ihre Namen ins Holz gekerbt hätte. Er öffnete eine Luke, sodass ein wenig Licht in die dunkle Tenne fiel. Da sah Franzl, wie kunstvoll Steffl die beiden Namen in die Holzwand geschnitzt hatte.
„Das hab' ich auch in die Schulbank geritzt!“, lachte er.
Franzl wollte es nicht glauben, denn in seiner Schule wäre das undenkbar gewesen.
„Das ist bei uns nicht so genau“, meinte Steffl, „mich sieht der Lehrer sowieso nicht mehr so oft.“
Und er erklärte dem erstaunten Franzl, dass er für viele Arbeiten auf dem Hof gebraucht würde, da Karl ja an der Front war, und dass er dann immer zum Helfen daheimbleiben könne.

Sie hörten, wie Mena nach ihnen rief: „Buben, kommt herein, das Essen wird kalt!“
In der Stube saßen alle um den Tisch, die Nandl stellte eine große Pfanne Muas in die Mitte des Tisches.
„Greift's zu, ihr müsst hungrig sein!“

Das ließen sich die beiden nicht zweimal sagen. Steffl zog mit seinem Löffel eine Linie durch das Muas, so wie es früher Karl getan hatte. Zenzi schaute missbilligend, sagte aber nichts. Doch Franzl bewunderte Steffl, wie er im Haus bereits die Rolle des Mannes übernommen hatte.

Franzl erzählte von Bozen. Lautes Reden und dazwischen das Lachen von Steffl erfüllten die Stube. So wohl hatte sich Franzl schon lange nicht mehr gefühlt.
Der Großvater warf immer wieder einen prüfenden Blick auf seinen Enkel. Dieser musste die vielen Fragen von Mena und der Nandl beantworten.

Am meisten interessierte es den Großvater, als Franzl erzählte, dass er das Radfahren erlernt hätte. Der Großvater hatte Fahrräder in Sterzing gesehen und er wollte ganz genau wissen, wie man lenken und die Pedale betätigen musste. Franzl freute sich über das Interesse und gab bereitwillig Auskunft, er fühlte sich ernst genommen.

Dann begaben sich Franzl und Steffl in den Stall zu den Tieren. Franzl strich den Kühen über den Kopf, nannte ihre Namen, streichelte die Katze und fasste die Ziegen bei den Hörnern. Der Geruch der Tiere und der Duft des Heus gaben ihm die alte Vertrautheit zurück und er hatte das Gefühl, wieder zu Hause zu sein. Er mochte gar nicht daran denken, dass er am Abend zurück nach Bozen sollte.

Allzu schnell verging dieser Nachmittag und Franzl musste Abschied nehmen. Allen fiel es schwer, denn jeder dachte daran, dass in diesen unsicheren Kriegszeiten kein Versprechen auf ein baldiges Wiedersehen gegeben werden konnte. Zenzi drängte, dass sie den Zug erwischen müssten. Noch ein letzter Blick zurück, dann eilten sie flotten Schrittes Richtung Wiesen.

Auf der Heimfahrt holte Franzl all das eben Erlebte ein. Der Hof war ihm kleiner und ärmlicher erschienen, als er ihn in Erinnerung hatte. Die Großmutter schien bekümmert und abgehärmt, die Sorge um Karl, der im Krieg war, belastete sie sehr. Der Großvater hatte inzwischen einen weißen Bart und in seinem vom Wetter gegerbten Gesicht einige Falten mehr.

Er musste an Mena denken, für die er immer genauso Sohn gewesen war wie Steffl und die für ihn viel mehr liebevolle Mutter gewesen war als seine eigene. Und er war stolz auf Steffl, der mit seinen knapp elf Jahren schon der Mann am Hof war und auch als solcher behandelt wurde.

Dann eilten seine Gedanken wieder nach Bozen zum Pichler und er betrachtete seine Mutter, die wortkarg neben ihm saß. Sein wahres Leben hatte ihn wieder eingeholt.

***

Bald darauf traf bei den Pichlers eine Postkarte von Julie ein. Die große Neuigkeit, die sie verkündete, war die Tatsache, dass der Großvater im Alter von 66 Jahren das Fahrradfahren erlernt hätte.
Er habe sich tatsächlich ein Fahrrad gekauft und sei damit schon von Wiesen bis zur Oberen Leite in Tulfer geradelt. Auf dem Steig, der durch den Wald führte, musste er mehrmals absteigen und das schwere Fahrrad stellenweise über Wurzeln und Steine tragen.
„Das sieht meinem Vater ähnlich, immer noch übermütig wie ein Junger!“, lachte Zenzi.

Franzl wusste nun, warum ihn der Großvater so genau über das Radfahren ausgefragt hatte. Er war stolz auf seinen Großvater, der für alles Neue aufgeschlossen war und sich noch jung genug fühlte, das Radfahren zu erlernen. Für ihn war er ein ganz besonderes Vorbild und er wünschte sich, auch einmal so zu werden wie er.

Er konnte sich gut vorstellen, wie der Großvater auf dem Platz vor der Kirche in Wiesen mit dem Rad seine Runden drehte und dabei noch seine Späße machte. Er war ein Mensch, der stets gut aufgelegt war und überall Frohsinn verbreitete.
Noch im Bett musste er lächeln, wenn er an seinen Großvater dachte.

1918

Die Kirschen in Nachbars Garten

Es war ein warmer Sonntag, im Schrebergarten wurde Franzl wieder einmal zum Wasserholen geschickt. Ein wenig lustlos lud er die leeren Kübel auf seinen Handwagen und machte sich auf den Weg. Als er durch die Anlage marschierte, entdeckte er ein Mädchen, das hinter dem Gartenzaun stand und neugierig zu ihm herüberblickte.

Franzl konnte seinen Blick nicht abwenden. So eine schöne Gitsche hatte er zuvor noch nie gesehen. Sie war etwa in seinem Alter, hatte einen braunen Lockenkopf, blaue Augen und lächelte ihm ganz keck zu. Er fühlte, wie er rot wurde.
Wie ertappt wandte er sich ab und beschleunigte seine Schritte. Er spürte, dass ihm das unbekannte Mädchen nachblickte.

Am Brunnen angekommen, trank er kühles Wasser, um seine Gefühle zu besänftigen. Dann füllte er die Kübel, stellte sie auf den Wagen und machte sich auf den Rückweg. Da traf er wieder auf das fremde Mädchen.

Es lehnte sich gegen den Zaun und fragte neugierig: „Wer bist denn du? Dich hab‘ ich hier noch nie gesehen. Wo ist denn euer Schrebergarten?“
„Dort ganz hinten!“, deutete er in die Richtung. Dabei drehte er sich um, achtete nicht auf den Handwagen und das Wasser schwappte aus den Kübeln.
„Pass doch auf!“, rief sie fröhlich lachend, „sonst sind die Kübel leer bis du daheim bist.“

Dieses Lachen klang so lieblich in seinen Ohren! Den ganzen Nachmittag kreiste ihre helle Stimme noch in seinem Kopf.

Als er gegen Abend noch einmal zum Brunnen geschickt wurde, spähte er verstohlen durch die Büsche in den fremden Garten, wo er die Gitsche gesehen hatte. Aber die Balken des Gartenhäuschens waren geschlossen, es schien niemand mehr da zu sein. Ein wenig enttäuscht machte er sich auf den Weg. Aber er war voller Hoffnung, dieses Mädchen am nächsten Sonntag wieder zu treffen.

Die ganze Woche über wollte ihm diese Begegnung nicht mehr aus dem Kopf gehen. Er überlegte hin und her, wie er es anstellen könnte, die Gitsche wiederzusehen, was er ihr alles sagen könnte, obwohl er noch nicht einmal ihren Namen kannte.

Endlich kam das Wochenende und es ging wieder hinaus in den Schrebergarten. Es war heiß und schwül und daher höchste Zeit, die Gartenpflanzen zu gießen. Franzl eilte mit seinem Handwagen in Richtung Brunnen.
Schon von weitem vernahm er die glockenhelle Stimme, die er sofort wiedererkannte. Diesmal schmetterte das Mädchen ein Lied.

Er lugte zwischen den Büschen hindurch in den fremden Garten. Da saß ein großgewachsener Mann auf der Bank vor dem Schuppen. Auf dem Tisch stand eine halb geleerte Weinflasche.

Eine Frau, wohl die Mutter des Mädchens, kniete zwischen den Beeten und jätete. Es war nicht zu erkennen, von woher das fröhliche Lied erklang. Wo war die Sängerin? Franzl konnte sie nirgends entdecken.
Als sie aber eine kurze Pause machte, drehte sich der Vater in Richtung Kirschbaum und lallte schimpfend: „Du sollst singen, hab‘ ich gesagt!“

Und da sah Franzl die Gitsche auf der Leiter des Kirschbaumes stehen. Mit beiden Händen pflückte sie die reifen Früchte. Und auf Befehl begann sie wieder zu singen.
Völlig verwirrt machte sich Franzl davon. Er konnte sich keinen Reim auf das sonderbare Verhalten machen.

Bei der Gartenarbeit beschäftigte ihn dieses eigenartige Erlebnis und er fragte seine Mutter nach dem Mädchen, das beim Kirschenpflücken ständig singen müsse.
„Das wird wohl die Tochter vom Zinser sein, die du gehört hast. Dieser Geizkragen hat Angst, dass sie beim Pflücken Kirschen essen könnte. Daher lässt er sie singen. Das hat er früher mit seiner Frau auch gemacht“, wusste sie zu erzählen. „Jeder kennt ihn. Er ist Kohlenschaufler bei der Bahn, den mag keiner.“

Franzl war ganz durcheinander. Er konnte sich einfach nicht vorstellen, dass ein freundliches, hübsches Mädchen so einen Ungustl zum Vater haben konnte.
Er wusste immer noch nicht, wie die Gitsche hieß und er dachte sich aus, welcher Name zu ihr passen könnte. Vielleicht Adele, Paula oder Irma?
An diesem Sonntag ergab sich keine Gelegenheit, seine Angebetete noch einmal zu sehen.

Doch bereits eine Woche später stand er wieder beim Wasserholen vor dem Gartenzaun, wo er die Gitsche wusste. Die Balken des Häuschens waren geöffnet, der Vater auf der Bank schien zu schlafen.

Franzl erblickte das Mädchen wieder beim Kirschenpflücken. Diesmal sang es nicht. Er konnte aber erkennen, dass es immer wieder Kirschkerne auf den Boden spuckte.
„Jetzt darf sie doch Kirschen essen“, war Franzl überrascht.
Die Gitsche hatte ihn entdeckt.
„Magst du auch kosten?“, rief sie lachend. Sie griff in ihren Korb und warf ihm eine Handvoll Kirschen zu.
„Fang auf!“
„Darfst du das?“
Wieder ertönte das glockenhelle Lachen des Mädchens: „Der Vater schläft seinen Rausch aus, der bekommt nichts mehr mit.“
Die Kirschen landeten innerhalb des Gartens. Etwas ängstlich kletterte er über den Zaun und beobachtete den Schlafenden. Flugs holte er sich die dunkelroten Früchte und entwischte wieder nach draußen.
Im Weitergehen fragte Franzl: „Wie heißt denn du?“
„Ich bin die Tilli. Und du?“
„Ich bin der Franzl.“

Endlich kannte er ihren Namen. Auf dem Weg zum Brunnen aß er die Kirschen und spuckte die Kerne voller Übermut über die Zäune. Eine unbändige Freude überkam ihn, dieses Mädchen kennengelernt zu haben.
Auf dem Rückweg saß der Kohlenschaufler immer noch auf seiner Bank, Tilli konnte er nirgends entdecken.
Franzl freute sich bereits wieder auf das kommende Wochenende und malte sich die nächste Begegnung mit ihr aus. Wie könnte er es einrichten, mit ihr zu reden? Was sollte er zu ihr sagen?

***

Am folgenden Tag erzählte der Pichler beim Essen, dass der Zinser gestorben sei. Franzl glaubt sich verhört zu haben.
Wie das so plötzlich passiert sei, wollte die Mutter wissen.
„Das war im Schrebergarten“, berichtete er weiter, „seine Frau hatte geglaubt, dass er im Suff auf der Bank eingeschlafen sei. Als sie ihn dann wecken wollte, war er aber bereits verstorben.“

Franzl erlebte ein Wechselbad der Gefühle. Einerseits freute er sich für Tilli, dass ihr Vater sie nicht mehr drangsalieren konnte. Andererseits war es doch ihr Vater, den sie verloren hatte.
Und das passierte ausgerechnet jetzt, wo er sie kennengelernt hatte!
Er konnte den nächsten Sonntag kaum erwarten, er wollte Tilli unbedingt wiedersehen.

Doch seine Erwartungen wurden enttäuscht. Der Garten blieb leer, Tilli und ihre Mutter kamen nie wieder. Bald schon hatte ein anderer Eisenbahner den Schrebergarten übernommen.

Tilli ging ihm lange Zeit nicht aus dem Kopf. In seinen Tagträumen malte er sich immer wieder ein neues Treffen mit ihr aus. Es dauerte lange, bis ihr Bild verblasste.
Franzl hat Tilli nie wiedergesehen.

Ein Geschenk vom Pichler

Eines Tages kam der Pichler mit einer Überraschung nach Hause. Er trug einen schwarzen Stoffsack unter dem Arm. Nach dem Essen legte er ihn vor Franzl auf den Tisch und forderte ihn auf, auszupacken. Franzl konnte kaum fassen, was da zum Vorschein kam - es war eine Mandoline.
„Du kommst ja bald in die Bürgerschule und dann wirst du auch zum Mandolinenunterricht gehen. Ich habe schon alles ausgemacht!“, erklärte ihm der Pichler,

Franzl bedankte sich. Auch seine Mutter freute sich und fragte erstaunt: „Wie bist du jetzt da drauf gekommen?“
„In jedem besseren Haus wird ein Instrument gespielt. Und wir gehören auch zu den besseren Leuten, wir können uns das leisten“, brüstete er sich.
„Und wo kann er das Mandolinenspielen erlernen?“

Der Pichler lächelte nachsichtig: „Alles schon organisiert!"

Wie Franzl und seine Mutter dann erfuhren, hatte der Pichler die Mandoline einem Eisenbahner, dessen Sohn kein Interesse mehr an diesem Instrument hatte, abgekauft. Von ihm hatte er auch die Adresse einer Musiklehrerin erhalten, die privat Unterricht gab. Mit dieser Frau Ertl hatte er bereits vereinbart, dass Franzl ab Schulbeginn jeden Mittwoch bei ihr Unterricht bekommen sollte.
„Und dass du ja fleißig lernst", fügte er hinzu, „bei mir gibt's kein Faulenzen!"

Für Franzl war das keine Frage. Er betrachtete das Instrument mit den feinen Intarsien, strich über den gewölbten, glatt lackierten Korpus mit den hellen und dunklen Streifen, zupfte an den Saiten und versuchte mit dem Plättchen ein paar Töne zu erzeugen.
„Das ist Perlmutt", erklärte ihm der Pichler und zeigte auf die schimmernden Verzierungen.
„Pass ja gut darauf auf", ermahnte er ihn.

Das hätte er gar nicht betonen müssen, denn Franzl hatte noch nie etwas so Schönes und Kostbares besessen. Er konnte immer noch nicht glauben, dass er vom Pichler dieses wertvolle Instrument bekommen hatte, und er erwartete voller Ungeduld die erste Stunde bei Frau Ertl.

Erschreckende Kriegsmeldungen

Den ganzen Sommer über gab es immer wieder beunruhigende Kriegsmeldungen, die die Menschen in Angst versetzten und sie in ihrer Existenz bedrohten.
Des Öfteren brachte der Pichler Zeitungen mit nach Hause. Beim Lesen durfte er nicht gestört werden, doch manchmal las er einen Bericht daraus laut vor. Er schlug mit der flachen Hand auf den

Tisch, wenn ihn etwas erzürnte, und dann diskutierte er lang und breit mit sich selbst.

Dennoch kursierten immer noch Legenden von einem baldigen Sieg. Um die Moral der Menschen, die ihre Ehemänner, Söhne und Väter im Feld hatten, zu stärken, wurde durch geschickte Kriegspropaganda der Bevölkerung eine große Überlegenheit vorgetäuscht.
Es gab aber auch vereinzelt Zeitungsberichte von Streiks und Hungerdemonstrationen in Österreich, von Niederlagen an der Front und von Forderungen nach Frieden

Mit Schrecken verfolgte Zenzi diese Meldungen.
„Was wird aus uns noch werden?“, flüsterte sie immer wieder angsterfüllt.
Der sonst so wortgewandte Pichler schwieg, er wusste keine Antwort darauf.

***

Es war Ende August als ein Brief von Schwester Moidl eintraf. Zenzi beschlich ein ungutes Gefühl, als sie diesen Brief entgegennahm, denn sonst erhielt sie von ihren Schwestern immer Ansichtskarten.
Mit zitternden Händen öffnete sie den Brief, Franzl stand vor ihr. Auch ihm war bange zumute, denn so fahrig hatte er seine Mutter noch nie erlebt. Während des Lesens sank sie auf den Stuhl, schlug die Hände vors Gesicht und schluchzte leise.
„Der Karl ist gefallen!“

Franzl war fassungslos. Er musste an den baumstarken Karl denken, der sich gern raufte, der ihm und Steffl die schönsten Geschichten erzählt hatte, der die halbe Pfanne Muas alleine aufessen konnte.

Die Tränen rannen ihm übers Gesicht. Er dachte daran, wie er sich von Onkel Karl verabschiedet hatte und dass dieser ihn nicht fortlassen wollte. Er dachte an die Nandl und den Großvater, die nach dem kleinen Seppele jetzt auch noch ihren zweiten Sohn verloren hatten. Er konnte sich gar nicht vorstellen, wie sie ohne Karl zurechtkommen sollten. Und seine Gedanken waren bei Mena und Steffl.

Franzl hatte das Gefühl, der Schmerz zerreiße ihm die Brust. Schluchzend stand er vor seiner Mutter, die ihn aber nicht in den Arm nahm, sondern wie versteinert am Küchentisch saß.

Franzl begab sich in sein Kabinett, warf sich aufs Bett und ließ seinen Tränen freien Lauf. Er hätte ein wenig Trost gebraucht, aber seine Mutter konnte ihm den nicht geben.

Wie gerne wäre er jetzt in Tulfer gewesen. Er wusste, dass die Nandl und Mena ihn in den Arm genommen und getröstet hätten. Diese beiden Frauen waren für ihn viel mehr Mutter als seine richtige Mutter. Und er wollte in diesen schweren Stunden bei ihnen und für sie da sein.

Ein tiefer Schmerz brach über ihn herein. Er konnte mit niemandem darüber sprechen, alles musste er mit sich selbst ausmachen.
Sein ganzes Elend wurde ihm bewusst, es gab keinen Ausweg. In seiner Einsamkeit war er völlig auf sich alleine gestellt. Er konnte nicht mehr zurück zu den Seinen. Diese Erkenntnis brach ihm fast das Herz. Er weinte sich in den Schlaf.

Sogar der Pichler verhielt sich in den nächsten Tagen ruhiger und weniger aggressiv. Zenzi sprach nicht viel, stellte das Essen auf den Tisch, aß aber selbst kaum etwas.

***

Doch die Arbeit im Schrebergarten musste getan werden. Die Ernte der Rüben, Krautköpfe, Kohlrabi, Bohnen und Erbsen stand an und so hatten die Mutter und Franzl viel zu tun.

Die Menschen in der Stadt bekamen wenig auf den Märkten zu kaufen, der Hunger war groß. Umso besser ging es denjenigen, die selbst etwas anpflanzen und ernten konnten.

Schon zeitig in der Früh ging es mit dem kleinen Handwagen hinaus zum Schrebergarten. Der Pichler hatte oft keine Zeit, da er länger arbeiten musste. Aber die Mutter war froh, wenn er nicht dabei war. Dann konnte sie sich die Arbeit selbst einteilen und dazwischen auch einmal eine Pause einlegen, um mit den Gartennachbarn zu plaudern.

Die Arbeit im Spätsommer war so intensiv, dass Franzl kaum einmal Zeit fand, mit Ulrich zu ihrer kleinen Bucht an der Etsch zu radeln. Aber zugleich lenkte die harte Arbeit vom Grübeln ab und am Abend war er so müde, dass er ins Bett fiel und sogleich einschlief.

In der Bürgerschule

Der Schulbeginn in der Bürgerschule war ein ganz besonderes Erlebnis für Franzl.
Vor Unterrichtsbeginn gab es eine gemeinsame Messe für alle Schüler. In der Klasse saßen über 40 Buben und es herrschte ein strenger Ordnungsrahmen. Jeweils unterschiedliche Lehrer unterrichteten in den verschiedenen Gegenständen. Es gab eine Reihe von neuen Fächern, wie zum Beispiel Italienisch oder Technisches Zeichnen.

Der Italienischlehrer war ein kleiner, schüchterner Mann, dem es nicht gelang, in der Klasse Ruhe herzustellen. Die Buben waren nicht bereit, italienisch zu lernen. Bei vielen herrschte von daheim aus eine große Abneigung den Italienern gegenüber, die als Feinde Österreichs natürlich unbeliebt, ja sogar gehasst waren.

Während dieser Unterrichtsstunde wurde viel geschwätzt. Die Buben unterhielten sich unverblümt und erledigten ihre Hausübungen für andere Fächer.

Als einmal während der Italienischstunde der Schuldirektor kurz klopfte und mit Schwung die Klassentür öffnete, standen alle Schüler mit einem Ruck auf und es war plötzlich so still, dass sogar der Lehrer erschrak.

Franzl hatte am liebsten Rechnen und Zeichnen. Beide Fächer unterrichtete der Klassenlehrer, Herr Debner. Er war sehr streng und in seinen Stunden ging es ganz anders zu. Mit leiser Stimme gab er seine Anweisungen, in der Klasse war kein Laut zu hören. Die Schüler fürchteten, etwas nicht zu verstehen, und verhielten sich mucksmäuschenstill.

Im Zeichenunterricht lernten sie verschiedene Techniken kennen und wie man den Blick auf die richtige Perspektive lenken musste. Franzl betrachtete seine Umwelt nach einem völlig neuen Gesichtspunkt. Überall schaute er, welche Tiefenwirkung ein besonderer Ausblick ergab.

Einmal erhielten die Schüler die Aufgabe, eine Katze zu zeichnen. Die meisten Buben stellten die Katze seitlich dar, achteten ganz genau auf ihre besonderen Merkmale wie Kopfform, Ohren, Augen, Schnurrhaare und Schwanz.

Franzl zeichnete die Katze aus einer anderen Perspektive. Er stellte sich vor, er wäre eine kleine Maus in den Fängen der Katze. Er zeichnete den übergroßen Kopf der Katze, wie er von unten gesehen wird, mit dem weit geöffneten Maul und den gefährlichen Zähnen.

Die Mitschüler belächelten seine Darstellung und fragten ihn, was das für eine Katze sei.

Aber der Lehrer war sehr angetan und Franzl durfte seinen Mitschülern den Blickwinkel, aus dem er die Katze gezeichnet hatte, erklären.

„Küss die Hand, Fräulein Ertl!“

Endlich war es so weit - die erste Mandolinenstunde bei Frau Ertl wurde vom Pichler angekündigt, der seinen Ziehsohn dorthin begleitete.

Auf dem Weg belehrte er ihn, wie er sich zu verhalten habe. Er erklärte ihm, dass Frau Ertl und ihre Schwester vornehme Damen seien. Mit „Küss die Hand, Fäulein Ertl“ solle er die Lehrerin begrüßen.

Der Weg führte sie durch die Bozner Innenstadt zu einem stattlichen Bürgerhaus gleich nach den Lauben. Sie läuteten und eine freundliche, ältere Dame öffnete.
„Küss die Hand, Fräulein Ertl!“, grüßte Franzl höflich. Der Pichler verneigte sich und deutete tatsächlich einen Handkuss an.
„Du bist also der Franzl“, stellte sie lächelnd fest und führte die beiden in ihre gepflegte Wohnung.

Franzl staunte über den großen Salon mit den polierten Möbeln. Boden und Schränke glänzten, Tische und Stühle hatten schön geschwungene Beine. Breite Brokatvorhänge mit Bändern, Teppiche und farblich passende Polster und Kissen machten den Raum behaglich.

Nun gesellte sich auch noch Frau Ertls Schwester hinzu. Auch sie wurde von Franzl höflich begrüßt, der Pichler reichte ihr die Hand, deutete wieder einen Handkuss an und folgte ihr in die Küche.

Inzwischen erhielt Franzl seine erste Unterrichtsstunde bei Fräulein Ertl. Zuerst stimmte sie das Instrument, dann setzte sie sich ganz aufrecht vor ihm auf ein kleines Sofa. Ihre Erklärungen waren kurz und prägnant. Sie beobachtete ihn genau, erklärte ihm das Notensystem, gab Anweisungen und klopfte stets mit ihren Fingern den Takt mit.
Franzl bemühte sich, alles richtig zu machen, und freute sich, als er von ihr gelobt wurde.

Als der Pichler nach der Musikstunde aus der Küche zurückkam, waren seine Wangen gerötet und Franzl sah ihm an, dass er ein oder zwei Gläschen Wein getrunken hatte.
Während Franzl seine Mandoline einpackte, holte der Pichler ein in Zeitungspapier gewickeltes Päckchen aus seiner Tasche und legte es auf den Tisch.
„Das habe ich mit Ihrer Schwester alles besprochen“, meinte er gönnerhaft zu Fräulein Ertl, „und das nächste Mal bringt der Franzl wieder etwas mit.“
Diese bedankte sich und führte beide zur Tür.

Auf dem Heimweg erklärte der Pichler dem Buben, dass er zur Musikstunde als Bezahlung etwas Essbares mitbringen müsste. „Das habe ich mit den beiden Frauen vereinbart.“

So wurde es dann auch gemacht. Entweder brachte Franzl Schmalz, Kartoffeln, Polenta oder Mehl mit oder er bekam vom Pichler in Zeitungspapier eingewickelte Briketts, die er im Rucksack trug. Die beiden Frauen nahmen die Mitbringsel jedes Mal freudig entgegen und hießen ihn, sich bei seinem Ziehvater zu bedanken.

Woher der Pichler die Sachen hatte, darüber sprach er nicht. Aber er prahlte damit, dass er sich immer zu helfen wisse und dass seine Familie auch in diesen schwierigen Zeiten stets genug zu essen bekäme.

Zum Klingeln verführt

Auf dem Weg zur Mandolinenstunde führte Franzls Weg durch die Bozner Lauben. Er bewunderte die vornehmen Geschäfte und die herrschaftlichen Häuser mit ihren Erkern, Verzierungen, Malereien und eisenbeschlagenen, schweren Haustüren.
Dort gab es die verschiedensten Klingeln, die neben den Toren angebracht waren. Es gab Türklopfer mit einem Löwenkopf, Glocken, die mit einem Seilzug zu betätigen waren, und manche Häuser hatten verschiedenfarbige Klingeln mit einem Drehschalter oder einem Klingelknopf.
Diese stachen Franzl ganz besonders ins Auge und er wollte sie einfach einmal ausprobieren.

Auf dem Heimweg schlich er in den Torbogen eines Geschäftshauses und blickte sich vorsichtig um. Als niemand in der Nähe war, drückte er auf die Klingelknöpfe. Wie ein Klavierspieler ließ er seine Finger darüber gleiten, zog an einer Glocke und dann betätigte er noch lautstark den Türklopfer.
Als sich in den oberen Stockwerken die Fenster öffneten und die Bewohner des Hauses auf die Straße riefen, wer denn da sei, rannte er ein Stück weiter und versteckte sich in einer Nische hinter einer Laubensäule.

Er hatte seinen Spaß daran, wenn manche Hausbewohner aus den Fenstern schimpften: „So eine Frechheit! Warte, wenn wir dich erwischen, du Lump!"
Hausmägde wurden auf die Straße geschickt, um Nachschau zu halten, wer da geklingelt hätte. Sie erbosten sich lautstark darüber, weil sie herausgeläutet worden waren.

Franzl freute sich diebisch, dass ihm sein Streich so gut gelungen war, und er hüpfte frohgemut nach Hause.

Auf seinen nächsten Wegen zur oder von der Mandolinenstunde suchte er sich jedes Mal ein anderes Haus aus, wo er wieder verschiedene Klingeln betätigte. Dabei wechselte er von den „teutschen“ zu den „welschen“ Lauben, um einer möglichen Verfolgung zu entgehen.

Und ein jedes Mal freute er sich über die Reaktion der Bewohner. Besonderen Spaß hatte er daran, dass man ihn nicht erwischte. Inzwischen hatte er schon bessere Fluchtwege ausgekundschaftet. Es gab nämlich schmale Quergänge, die von den Lauben zur Silbergasse oder zur Dr. Streiter Straße führten. Im Halbdunkel dieser engen Gässchen konnte er sich gut verstecken und sich daran ergötzen, wie die Leute verärgert über die Ruhestörung schimpften.

***

Eines Abends kam der Pichler besonders redefreudig von seinem Dienst nach Hause. Beim Essen berichtete er ausführlich davon, wie gut doch die Polizei arbeite und dass man einen frechen Lausbuben jetzt endlich gefasst hätte.
„Der Rotzbub hat die Geschäftsleute in den Lauben unzählige Male herausgeklingelt“, erzählte er, „aber heute hat man ihn geschnappt und im Polizeirevier vorgeführt!“

Franzl schaute in seinen Teller. Er spürte, wie ihm das Blut in den Kopf stieg. Er löffelte seine Suppe und wagte nicht aufzusehen.

„Das muss man sich einmal vorstellen, jeden Mittwoch hat er die Leute dort terrorisiert. Aber die Polizei hat ihn heute abgepasst und, als er wieder geläutet hat, wurde er festgenommen.“
Der Pichler rieb sich die Hände, als hätte er selbst den Täter erwischt.
„Er leugnet zwar alles, aber man wird ja sehen, ob dieses Klingeln jetzt ein Ende hat“, ereiferte er sich weiter.
„Franzl, du gehst ja auch am Mittwoch durch die Lauben, wenn du zur Mandolinenstunde gehst. Hast du diesen frechen Bengel dort gesehen?“, fragte er.

Franzl, jetzt bleich im Gesicht, schüttelte den Kopf und verneinte. Ihm wurde abwechselnd heiß und kalt, wenn er daran dachte, dass man ihn hätte erwischen können. Er wusste, dass dieser andere Bub unschuldig war, dass er vielleicht wirklich nur an einer Haustür nach jemandem klingeln wollte.
Er wollte sich gar nicht vorstellen, was der Pichler mit ihm gemacht hätte, wenn er erwischt worden wäre. Ihm war klar, dass er großes Glück gehabt hatte.

Doch wie konnte er wissen, ob ihn vielleicht nicht doch jemand erkannt hatte? Was, wenn der andere Bub seine Unschuld beweisen konnte?
In dieser Nacht schlief Franzl nicht besonders gut. Zu viele Gedanken gingen ihm durch den Kopf, zu groß war seine Angst, doch noch gefasst zu werden.
Er wälzte sich im Bett hin und her. Als er dann endlich einschlief, quälten ihn Angstträume und er wachte immer wieder auf.

Er suchte Auswege, um auf keinen Fall von jemandem erkannt zu werden. Er überlegte, die Lauben auf seinem Weg zu Fräulein Ertl zu meiden. Er konnte die Parallelstraße hinter den Lauben nehmen, das war kein besonders großer Umweg.
Und dann hatte er noch eine Idee. Seine Mutter hatte ihm vor dem Beginn des Schuljahres eine Pelerine, einen Umhängemantel, genäht. Er hatte sich bisher geweigert, dieses Kleidungsstück zu tragen. Er fand es einfach lächerlich, in diesem Mäntelchen zur Schule zu gehen. Nun wollte er doch die Pelerine auf seinem Weg zur Mandolinenstunde anziehen und er war sich ziemlich sicher, dass ihn dann niemand mehr erkennen würde.
Dieser Gedanke beruhigte ihn und er konnte endlich wieder ruhiger schlafen.

Als er sich am nächsten Mittwochnachmittag zu seinem Musikunterricht aufmachte, zog er den Umhängemantel an. Seine Mutter schaute erstaunt, sagte aber nichts, sondern freute sich, dass er nun doch diese Pelerine tragen würde.

Auf seinem Weg beachtete ihn keine Menschenseele, was ihn sehr erleichterte. Er mied die Lauben und würdigte auch die Klingeln an den Eingangstüren der Geschäftshäuser keines Blickes.

***

An einem der nächsten Abende erzählte der Pichler von den neuesten Erkenntnissen der Polizei: „Dieser Rüpel leugnet immer noch. Er behauptet felsenfest, dass er nur geläutet hätte, weil ein Türklopfer abgerissen war. Das habe er im Haus melden wollen."
Er schüttelte den Kopf: „Eine dümmere Ausrede hat er sich wohl nicht einfallen lassen können. Nein, nein, damit kommt er nicht durch! Die Polizei wartet noch, ob an den kommenden Nachmittagen dieses lästige Läuten weitergeht."
Er zwirbelte seinen Schnauzbart und fuhr mit seinen Überlegungen fort: „Aber, wenn ihr mich fragt, sein Lügen wird ihm nichts nützen. Die haben schon den Richtigen erwischt. Ich bin mir sicher, dass das Läuten jetzt ein Ende hat!"

Franzl tat dieser unbekannte Bub leid. Er wusste, dass er die Wahrheit sagte. Er konnte ihm nur wünschen, dass er nicht so strenge Eltern hatte wie er.
Noch lange plagte ihn das schlechte Gewissen. Aber er wusste auch, dass ihn der Pichler vielleicht sogar ins Gefängnis stecken hätte lassen, wenn er ihm draufgekommen wäre.

Was mit dem fremden Buben dann geschehen war, war nicht mehr zu erfahren. Er wagte auch nicht, den Pichler danach zu fragen. Denn dem wäre das vielleicht verdächtig vorgekommen. Und dieses Risiko wollte er nicht eingehen.

Die Klingeln ließ er von nun an wohlweislich in Ruhe, aber ein bisschen freute es ihn schon, dass es ihm gelungen war, alle, auch den Pichler, hinters Licht zu führen.

Nachhilfestunde

Franzl war einer der besten Schüler seiner Klasse und oft half er Ulrich bei den Hausaufgaben. Er tat das sehr gerne, denn dadurch konnte er an manchen Nachmittagen sein Zuhause verlassen und bei Ulrich sein.
Als er einmal nach Unterrichtsschluss das Schulgebäude verließ, sprach ihn ein vornehmer Herr an. Er stellte sich als der Vater Siegfrieds, eines Mitschülers aus Franzls Klasse, vor. Er erklärte, er wisse von seinem Sohn, dass Franzl ein guter Schüler sei und dass er oft mit Ulrich lerne. Er bat ihn, auch seinem Sohn bei den Aufgaben zu helfen. Er solle seine Eltern um Erlaubnis fragen, er würde die Nachhilfe gut bezahlen.

Zu Hause erzählte Franzl seinen Eltern von der Bitte. Als der Pichler hörte, dass es sich bei Siegfrieds Vater um einen der größten Weinhändler der Stadt handelte, war er sofort einverstanden.
„Aber das Geld wird bei mir abgeliefert! Ich habe schon genug Ausgaben für dich“, befahl ihm der Pichler.

Die Nachhilfe fand bei Siegfried zu Hause statt, einem großen Anwesen in Bozen mit einem geräumigen Lager und einem Innenhof, in dem Weinfässer und Kisten gestapelt waren. Über allem lag der säuerliche Geruch des Weines. Franzl bewunderte das herrschaftliche Haus und die Fuhrwerke, die im Hof ein und aus fuhren.

Mit Siegfried zu lernen verlangte Franzl alles ab, viel Geduld und Überredungskunst, denn dieser wollte lieber etwas anderes tun. Aber Franzl gab nicht auf. Die nächste Schularbeit stand an und so versuchte er, seinen Nachhilfeschüler immer wieder zum Lernen zu bewegen. Er half ihm bei den Hausaufgaben und war überrascht, als er sah, wie oft Siegfried seine Aufgaben nicht gemacht hatte.

Anschließend an die Nachhilfestunde ging Franzl in den Weinladen, der sich im Parterre des Wohnhauses befand. Dort bekam er sogleich seinen Lohn von Siegfrieds Vater ausbezahlt.

Zu Hause wartete der Pichler bereits auf das Geld, das er ohne Kommentar einsteckte.
In der Schule fiel bald auf, dass Siegfried seine Hefte in Ordnung und vollständig hatte und auch bei der Schularbeit schnitt er positiv ab.

Nach der darauffolgenden Nachhilfestunde lobte ihn Siegfrieds Vater und gab ihm zusätzlich noch zwei Flaschen Wein mit.
Der Pichler freute sich über den Wein und belehrte Franzl, sich bei seiner Nachhilfe weiterhin anzustrengen.

Als Franzl wieder einmal bei Siegfried zu Besuch war, waren sie allein im Haus. Da bot ihm Siegfried an, mit ihm ein Gläschen Wein zu probieren. Franzl wollte zuerst partout nicht, war aber dann doch neugierig und so kosteten sie heimlich.

Mit dem Lernen klappte es an diesem Nachmittag nicht besonders, denn die beiden spürten sofort die Wirkung des Alkohols, der ihnen zu Kopf stieg.

Auf dem Heimweg fühlte sich Franzl leicht und unbeschwert. Er hatte das Gefühl, als würde er schweben. Zu Hause angekommen, musste er sich zusammennehmen, damit seine Eltern nichts bemerkten. Mit der Ausrede, dass er noch lernen müsse, verzog er sich schon zeitig in sein Kabinett, wo er bald in einen tiefen Schlaf fiel.

***

Immer wieder einmal, wenn sonst niemand im Haus war, bot ihm Siegfried Wein an. Doch Franzl versuchte seinen Mitschüler hinzuhalten, dass sie erst dann Wein trinken sollten, wenn die

Hausarbeiten gemacht wären. Und Franzl nippte nur am Wein, damit er nicht nochmals einen Schwips bekäme.
In der Schule fiel Herrn Lehrer Debner bald auf, dass Siegfried jetzt immer seine Hausaufgaben ordentlich und richtig gemacht hatte. Er fragte dann einmal, wer mit ihm gelernt habe. Als er erfuhr, dass Franzl ihm Nachhilfeunterricht gab, nickte ihm Herr Debner wohlwollend zu.
Auch bei den Schularbeiten gelang es Siegfried immer öfter gute Noten zu schreiben. Dessen Vater belohnte Franzl dann jedes Mal mit einem besonderen Fläschchen Wein, das er ihm für zu Hause mitgab. Das verdiente Geld und den Wein lieferte er pflichtbewusst beim Pichler ab.

Von den Weinproben, die er bei Siegfried ab und zu genießen durfte, erfuhr der Pichler nichts. Für Franzl war es jedes Mal ein besonderer Genuss, denn so hatte er auch ein bisschen etwas von seinen Nachhilfestunden.

Kriegsende

Am Südrand der Stadt war das Dröhnen der Geschütze in der Ferne immer wieder zu hören, denn die Front gegen die italienischen Truppen war nicht allzu weit entfernt. Das Donnern der Explosionen wurde vom Wind durch das Etschtal getragen.
Durch die Straßen von Bozen marschierten Regimenter von Soldaten. Die Männer waren abgemagert, ihr Blick war starr auf den Vordermann gerichtet, sie trugen zum Teil schmutzige, verschlissene Uniformen. Die Pferde, die sie mitführten, waren dürr und klapprig.

Franzl und Ulrich standen am Straßenrand und schauten auf die ausgemergelten Soldaten, die gezwungen waren, zu weiteren Kriegsschauplätzen aufzubrechen.

Immer wieder musste Franzl an seinen Onkel Karl denken. Er war irgendwo in den Bergen gefallen, vielleicht war er im Schnee erfroren oder er lag erschossen und verblutet in den Felsen. Nie wieder würde er sein Lachen und seine Geschichten hören.

Das Kriegsgeschehen war auch unter den Schülern das beherrschende Thema. Aufgewühlt und voller Unbehagen hörte Franzl zu, wenn die älteren Schüler sich unterhielten.

Und kein Lehrer gab dazu einen Kommentar ab. Vor allem als im Oktober Italien nach einigen Niederlagen zum Angriff übergegangen war, schienen die Lehrer nur noch Angst zu haben.

Auch zu Hause erfuhr Franzl wenig darüber, was um ihn herum passierte. Mit sorgenvoller Miene verfolgte der Pichler die Berichte in den Zeitungen, er war mürrisch, manchmal zornig und Franzl versuchte, ihm möglichst aus dem Weg zu gehen.

***

Zusätzlich zu der ständig steigenden politischen Unsicherheit und den Bedrohungen, herrschte in der Stadt eine immer größere Hungersnot.

Täglich strömten Menschen zum Bahnhof, um einen Platz in einem Zug zu bekommen und so auf die Felder im Umland zu gelangen. Dort baten sie die Bauern, auf ihren Äckern nachsammeln zu dürfen. Das heißt, dass sie nach der Ernte die liegengebliebenen Getreidehalme aufsammeln oder zurückgelassene Kartoffeln und Rüben ausgraben durften. Andere brachten Kleider, Mäntel und Schmuck zu den Bauern und versuchten ihre Waren gegen Mehl, Polenta oder ein Stück Speck einzutauschen.

Der Winter war auch in Bozen kalt. Einmal brachte der Pichler frühmorgens mit seinem Handwagen Briketts nach Hause. Es war noch dunkel, als die Mutter Franzl weckte. Sie eilten in den Innenhof, um die wertvollen Kohlestücke in den Keller zu tragen, bevor die Leute im Haus erwachten.

In ihrem Kellerabteil hatten sie Säcke mit Kartoffeln und Rüben aus ihrem Schrebergarten gelagert. Dazu gab es noch in Sand eingelegtes Gemüse, das große Krautfass und Gläser mit eingekochten Bohnen. Der Schrebergarten war Gold wert, ein wertvolles Stück Land, mit dem sich die Familie ausreichend ernähren konnte.

Manchmal tauschte der Pichler Erdäpfel und Gemüse gegen Mehl, Schmalz oder Zucker und brachte die kostbaren Lebensmittel nach Hause.

***

Im November gab es zuerst nur unbestätigte Meldungen, doch dann bewahrheitete es sich – das letzte Gefecht war geschlagen, der Krieg war verloren.
Überschwänglich feierten die Italiener ihren großen Sieg über Österreich-Ungarn. Das Kaiserreich gab es nicht mehr.

Österreichische Soldaten, die der italienischen Gefangenschaft entgangen waren, marschierten in Scharen nach Hause in Richtung Norden.

Der Pichler erzählte, dass am Bozner Bahnhof Chaos herrsche. Fliehende österreichische Soldaten waren in das Bahnhofsgelände eingedrungen. Sie besetzten die Waggons, kampierten zwischen den Geleisen und waren nicht zu vertreiben, bis sie einen Platz in einem Zug in Richtung Heimat ergattert hatten.

Innerhalb kürzester Zeit besetzte das italienische Militär weitläufige Gebiete Südtirols und viele Ortschaften im Vinschgau und im Etschtal.

Überall auf den Plätzen und in den Straßen marschierten die italienischen Soldaten ein. Südtirol geriet unter eine provisorische Militärverwaltung Italiens.

Der Pichler und Franzls Mutter waren zutiefst entsetzt über diese Entwicklungen. Es gab keine Verbindung mehr zu Nordtirol.

„Wie soll das weitergehen?“, fragte Zenzi immer wieder. Sie bekam keine Antwort, denn niemand wusste, was als nächstes kommen würde.

***

Für große Aufregung sorgte die Tatsache, dass die Italiener immer weiter nach Norden zogen. Sie rückten bis zum Brenner und zum Reschenpass vor.

Und sie marschierten dann sogar in Nordtirol ein. Die Italiener besetzten politisch wichtige Zentren, um für Ruhe und Ordnung zu sorgen. Und so kamen sie nach Innsbruck und belagerten dann fast ganz Nordtirol.

Der Pichler betrachtete diese Entwicklung mit steigender Sorge. Noch dazu, da immer mehr durchsickerte, dass Italien das Gebiet südlich des Brenners nicht mehr aufgeben würde. Schon kurz nach dem Waffenstillstand waren die Straßen und Plätze in Bozen von italienischen Soldaten in Beschlag genommen.

Vor allem die berufliche Zukunft der Eisenbahner war äußerst ungewiss. Immer häufiger kam abends Wilfried, Ulrichs Vater, vorbei und die beiden besprachen die Szenarien, wie es wohl weitergehen könnte.

Zenzi war voller Sorge, sie wollte auf gar keinen Fall aus Bozen fortziehen.

Sie sagte immer wieder: „Ich geh' nicht nach Nordtirol! Dort ist ein Dreivierteljahr Winter und ein Vierteljahr ist es kalt!“

Und der Pichler antwortete barsch: „Wir können froh sein, wenn ich irgendwo meine Anstellung beim Staat weiter behalten kann.“

Auf ihrem Weg zur und von der Bürgerschule machten Franzl und Ulrich oft einen Umweg zum Waltherplatz, um dort die italienischen Soldaten zu beobachten und um vielleicht eine Patrone oder wenigstens einen Zigarettenstummel zu finden. Mit großem Respekt hielten sie Abstand und bewunderten die lässige Art, wie die Männer gestikulierten und beim Sprechen ihre Zigarette im Mundwinkel behalten konnten.

Manchmal riefen ihnen die Soldaten etwas zu und lachten. Die Buben verstanden kein Wort, beim Italienischunterricht hatten sie zu wenig gelernt. Franzl fand, dass das Sprechen der Soldaten fast wie ein Singen klang, aber diesen Gedanken behielt er lieber für sich. Er wusste vom Pichler, wie die italienischen Besetzer einzuschätzen waren.

Immer wieder trafen die Buben auf den Straßen auf Invalide. Manche trugen Verbände, hatten einen Arm in der Schlinge, anderen fehlte sogar ein Arm oder ein Bein. Mit grimmigem Gesicht zeigten sie sich auf Straßen und Plätzen. Sie schienen eine Mahnung zu sein und zeigten durch ihr Auftreten, welchen Gräueltaten sie ausgeliefert gewesen waren, und sie machten den Menschen bewusst, dass viele Kameraden auf dem Felde verblutet und verreckt waren.

Beängstigend war auch, dass immer wieder italienische Familien aus dem Süden Italiens nach Bozen kamen. Man erkannte sie sofort an ihrem Aussehen, an ihren pechschwarzen Haaren, an ihren Bärten und dichten Augenbrauen. Sie kamen mit Koffern und Schachteln, die sie mit Schnüren zusammengebunden hatten. Ihre Kinder schauten ängstlich mit großen, dunklen Augen.

Sie waren auf der Suche nach ihrer neuen Wohnadresse, denn sie kamen, um hier zu arbeiten und um für immer hier zu bleiben.

***

Eines Tages erzählte Siegfried seinen Freunden Franzl und Ulrich stolz, dass er am Ufer der Etsch ein zurückgelassenes Artilleriegeschütz entdeckt hätte. Ausführlich beschrieb er die Kanone. Mit ausgestreckten Armen demonstrierte er die angebliche Größe dieses Kriegsrelikts.

„Kommt mit, dann zeig ich euch alles. Vielleicht finden wir dort auch noch Munition“, berichtete er voll freudiger Erregung. Er brauchte seine beiden Freunde nicht lange zu überreden, denn sie waren erpicht darauf, diesen Fund zu erkunden. So verabredeten sie, sich am Nachmittag zu treffen.

Mit einer Ausrede hatten sich die drei von zu Hause davongemacht. Siegfried führte sie zu besagter Stelle an der Etsch. Hinter einem Gebüsch erblickten sie das gewaltige Kanonenrohr, das bis ins Wasser hineinragte. Sie begutachteten das Ungetüm, kletterten auf das Geschütz und fühlten sich als kämpferische Soldaten.
„Schau, da liegt eine offene Munitionskiste!“, deutete Ulrich aufgeregt.
„Hier sind sogar noch Patronen!“
Franzl holte eine Handvoll Munition aus der Kiste und zeigte sie den Freunden.
Siegfried wusste, dass man durch Öffnen der Patronenhülse an das Schwarzpulver herankommen konnte. Gesagt, getan. Mit Ulrichs Taschenfeitel gelang es, das Projektil von der Messinghülse zu lösen. Er legte die mit Pulver gefüllte Hülse auf einen flachen Stein und klopfte sie vorne ein wenig flach.
„Die lassen wir jetzt explodieren“, verkündete er begeistert.
„Wer von euch traut sich?“
„Ich“, Ulrich hielt bereits einen geeigneten Stein in der Hand, „und damit werde ich die Hülse flach schlagen. Ihr werdet schon sehen, was dann passiert. Geht in Deckung!“

Franzl und Siegfried standen etwas abseits, duckten sich und hielten sich ihre Ohren zu, als Ulrich zur Tat schritt.

Im nächsten Augenblick kam es zu einer gewaltigen Explosion. Ein gleißender Feuerstrahl schoss aus der Hülse, beißender Pulverdampf erfüllte die Luft und ein ohrenbetäubendes „Rumms“ folgte.
Siegfried und Franzl sprangen aus ihrer Deckung und bemerkten Ulrich, der mit geschwärztem Gesicht und angesengten Haaren am Boden kniete, sich den Kopf rieb und lautstark jammerte: „Meine Ohren! Meine Ohren!“

Die Freunde eilten zu ihm und fragten erschrocken, ob er etwas abbekommen habe. Ulrich blickte verständnislos um sich. Er fühlte nur ein lautes Dröhnen in seinem Kopf.
„Ich kann euch nicht hören!“, schluchzte er. Ratlos blickten sich Siegfried und Franzl an.

Sie setzten sich auf einen Baumstrunk, versuchten ihn zu beruhigen, säuberten sein Gesicht mit Wasser und zupften an seinen versengten Haaren.
„Schau her, du musst die Nase fest zuhalten und die Luft fest hineinpressen.“
Siegfried zeigte es anschaulich vor. Ulrich versuchte es nachzuahmen.
„Das hilft nichts. Wir müssen heim zu seinen Eltern und ihnen alles beichten!“, meinte Franzl,

Die beiden Freunde beratschlagten, was sie zu Hause erzählen könnten. Aber es fiel ihnen keine passende Ausrede ein. Außerdem fürchteten sie die Tracht Prügel, die wohl jeden von ihnen erwartete.
Während sie hin und her debattierten, rief Ulrich aufgeregt: „Ich kann euch wieder ein wenig hören! Es ist, als hätte ich einen Wattebausch in den Ohren, aber ich höre euch!“
„Du wirst sehen, das wird schon wieder!“, tröstete Franzl seinen Kameraden. Sie waren unendlich froh und begleiteten ihn nach Hause. Sie hatten sich geschworen, den Eltern nichts von ihrem Abenteuer zu erzählen.

Ulrich hatte großes Glück gehabt, er hatte von der Explosion keinen Schaden genommen. Aber von Patronen, Kanonen und Waffen hatten sie erst einmal die Nase voll.

Viel Neues

Einige Tage später holte Herr Debner, sein Klassenlehrer, Franzl nach Unterrichtsschluss zu sich ins Lehrerzimmer. Franzl folgte ihm, wusste aber nicht, was das zu bedeuten hatte. Als der Lehrer ihm auftrug, seinen Ziehvater, den Pichler, zu ihm in die Schule zu schicken, durchfuhr ihn ein heißer Schrecken.

Schnell überlegte er, ob der Lehrer etwas von ihrem gefährlichen Abenteuer mit der Explosion erfahren hatte. Vielleicht waren sie beobachtet worden? Die Gedanken jagten ihm durch den Kopf und er fühlte, wie er rot im Gesicht wurde.
„Es ist nichts Schlimmes," beruhigte der Lehrer den Buben, als er seinen verstörten Gesichtsausdruck bemerkte.

Franzl erzählte am Abend zu Hause von der Vorladung in die Schule.
Der Pichler polterte: „Da wirst du sicher etwas angestellt haben. Warte nur, wenn ich das erfahre!"

Als er jedoch nach seinem Treffen mit dem Lehrer heimkam, berichtete er, dass einige besonders fleißige Schüler nach Beendigung der dritten Klasse von der Bürgerschule ins Gymnasium zu den Franziskanern überwechseln könnten. Und Franzl wäre auch einer von diesen.

Bevor der Pichler weitersprechen konnte, warf Zenzi empört ein: „Der Bub kommt mir nicht zu den Franziskanern, ich brauche die Pfaffen nicht!"

Franzl wollte seinen Ohren nicht trauen, als ihr der Pichler erklärte, dass er dafür sei, dass Franzl das Gymnasium besuche. Er erklärte ihr, dass er kein Schulgeld bezahlen müsste, da Franzl nur sein Ziehsohn sei. Das hätte er mit dem Schuldirektor bereits vereinbart.

Franzl war überglücklich. Er würde weiter zur Schule gehen dürfen. Das war für ihn die Erfüllung seiner Träume. Aus den Argumenten seines Ziehvaters hörte er heraus, dass er bereits seine Zustimmung gegeben hatte und dass das Lamentieren der Mutter überflüssig war.

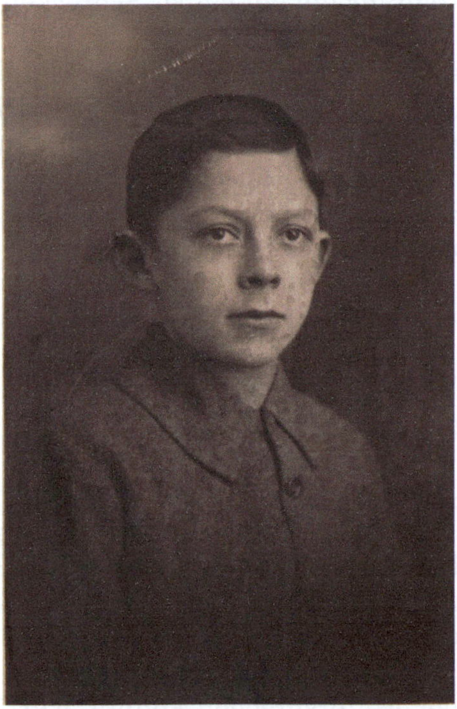

Franzl im Alter von 13 Jahren.
Auf die Rückseite des Fotos hatte der Pichler vermerkt:
„Franz K., Ziehsohn des Karl Pichler, k. u. k. Verschieber“

Wie es sein Lehrer geschafft hatte, den Pichler davon zu überzeugen, das blieb für ihn rätselhaft. Es war wohl so, dass es den Pichler mit Stolz erfüllte, wenn er seinen Ziehsohn auf eine höhere Schule schicken konnte.

Aber das Wichtigste für Franzl war, dass er weiter zur Schule gehen durfte, und er nahm sich fest vor, immer fleißig zu lernen, um Herrn Debner nicht zu enttäuschen.

***

In der Schule verlief vorerst alles nach den gewohnten Regeln. Das Leben schien dort im Rhythmus der Jahreszeiten weiterzugehen.

Franzl war sehr gewissenhaft, mit großer Begeisterung lernte er die Balladen der großen Dichter auswendig. Er bekam gute Zensuren und ließ sich dadurch weiter anspornen. Denn trotz allem, was rund um ihn passierte, hatte er das große Ziel, das Gymnasium, vor Augen.
Siegfried erhielt auch weiterhin Nachhilfeunterricht und Franzl besuchte mit Begeisterung die Mandolinenstunden bei Fräulein Ertl, die sich für die Bezahlung in Naturalien jedes Mal freudig bedankte.

Im Italienischunterricht bekamen sie einen neuen Lehrer, einen dicklichen Italiener, der fast kein Wort Deutsch sprach. Den Unterricht hielt er nur auf Italienisch, die Schüler verstanden wenig. Aber keiner wagte zu stören oder auch nur eine Frage zu stellen. Der Lehrer wirkte streng und furchteinflößend. Die Buben zogen die Köpfe ein und versuchten nicht aufzufallen, um sich den Unmut des Lehrers nicht zuzuziehen.

Eines Tages wurde den Schülern mitgeteilt, dass es ab dem neuen Schuljahr eine Reihe von Neuerungen geben sollte. Alle Beschriftungen mussten dann auch in italienischer Sprache erfolgen. Die Unterrichtsgegenstände wurden umbenannt,

Rechnen hieß nun „Aritmetica“, Gesang “Canto“ und Turnen „Ginnastica“.

Das Zeugnis war ein „Attestato“ und sogar die Noten wurden dem italienischen Schulsystem angepasst. Bis jetzt hatte es eine Notenskala von 1 bis 5 gegeben, wobei 1 die beste Note gewesen war.
Bei den neuen „Graduazione delle note“ galten die Beurteilungen 10 und 9 als die besten Noten „eminente“, 8 war „lodevole“, 7 „befriedigend - soddisfacente“, 6 war „sufficente“ und 5 bis 0 war „nicht entsprechend“, also „insufficente“. Dann gab es noch eigene Bezeichnungen für das Betragen „Contegno“, den Fleiß „Diligenza“, die Äußere Form der schriftlichen Arbeiten, die von „sehr gefällig - molto accurata“ bis „nachlässig - trascurata“ ging. In allen schriftlichen Mitteilungen und auch im Zeugnis galt diese neue Beurteilungsskala.

Das führte natürlich zu großen Diskussionen unter den Schülern, die diese Neuerungen ablehnten. Sie mussten sich jedoch fügen, es blieb ihnen nichts anderes übrig. Aber es war ein weiteres Zeichen, dass ab nun der italienische Staat das große Sagen hatte. Und jeder dachte sich besorgt: „Was wird als nächstes auf uns zukommen? Welche Änderungen werden wir noch akzeptieren müssen?“

Sie konnten nicht ahnen, dass dies nur ein erster Schritt in Richtung der Italianisierung Südtirols war.

Erschütternde Ereignisse

An den Abenden studierte der Pichler mit sorgenvollem Gesicht die Zeitungen und hielt dann lange Monologe über die Entwicklungen in Südtirol. Zenzi beteiligte sich kaum an den

Gesprächen. Sie war niedergeschlagen und voller Sorge, wie es wohl weitergehen würde.

Mit großer Spannung warteten die Südtiroler auf das Ergebnis der Friedensverhandlungen in St. Germain. Sie vertrauten und hofften darauf, dass nach dem Selbstbestimmungsrecht das deutschsprachige Südtirol endlich wieder ein Teil Tirols sein würde und dass die italienische Besatzung abziehen müsste.

Doch dann ereilte die Südtiroler die erschütternde Nachricht über das Ergebnis der Verhandlungen. Die Menschen waren entsetzt, als sie erfuhren, dass Tirol zerrissen werden sollte, dass Südtirol ein Teil des italienischen Königreiches würde.

Damit wurde Südtirol zu einer italienischen Provinz, der Brenner war die neue Grenze zu Österreich, zugleich auch die Grenze zu Nordtirol. Das Land Tirol war somit gewaltsam in zwei Teile gespalten worden.

Diese Nachricht verbreitete sich wie ein Lauffeuer. Den Menschen war das Entsetzen ins Gesicht geschrieben. Sie konnten und wollten dieses Unrecht nicht wahrhaben. Viele standen diskutierend und weinend auf den Straßen beisammen.

Der Pichler und Wilfried saßen in der Küche und beratschlagten, was jetzt wohl alles auf sie zukäme. Wie würde es mit ihrer Arbeit weitergehen? Welchen neuen Gesetzen mussten sie sich unterordnen?
Wilfried hatte eine Schwester in Hall in Nordtirol und erwog ernsthaft, dorthin auszuwandern.

Zenzi entsetzt: „Und was ist mit unserem Schrebergarten? Ohne den müssen wir verhungern. Es gibt ja fast nichts zu essen. In Innsbruck ist es noch schlimmer als bei uns!"

Auch die beiden Männer wussten keine Antwort, denn ihnen war wohl bewusst, wie schlecht die Versorgungslage in Nordtirol war. Dort herrschte große Not.

Franzl lag in seinem Kabinett, die erregten Stimmen drangen verschwommen zu ihm, er verstand nur einige Wortfetzen. Doch genug, um besorgt zu sein.

Er dachte an das Gymnasium, dessen Besuch für ihn in Aussicht stand. Aber die Verwirklichung seines Traumes schien in weite Ferne zu rücken. Er wälzte sich im Bett hin und her und fiel dann in einen unruhigen Schlaf.

1920/21/22

Franzl stellte fest, dass in seinem Wohnhaus und in den benachbarten Häusern nach und nach Bewohner auszogen und nach Nordtirol oder in einen anderen Teil Österreichs auswanderten. In die leerstehenden Wohnungen zogen dann italienische Familien ein.

Wenn er vom Küchenfenster in den Innenhof hinunterschaute, sah er dort fremde Kinder spielen. Ihre Mütter stellten Stühle und Tische auf und verbrachten den ganzen Tag im Freien. Bis in den späten Abend hörte man ihre lauten Stimmen.
Manchmal stimmte jemand ein italienisches Lied an und alle sangen mit. Die Männer waren in ein sonderbares Spiel vertieft, sie warfen kleine Kugeln in Richtung eines Würfels. Lautes, kehliges Lachen drang bis zu ihm hinauf.

Die Mutter verließ kaum noch die Wohnung. Franzl musste wie immer zum Wasserholen gehen. Vor dem Brunnen hatten sich fremde Frauen versammelt. Sie unterhielten sich lautstark in einer Sprache, die er nicht verstand.

Doch wenn Franzl zum Brunnen kam, verstummten sie. Manche blickten ihn wenig freundlich, fast schon feindselig an. Er war immer froh, wenn sein Kübel mit Wasser angefüllt war und er wieder in die Wohnung zurückkehren konnte.

Selbst der Pichler wagte es nicht mehr, mit einem lauten Pfiff Ruhe für seinen nachmittäglichen Schlaf einzufordern. Unwirsch schloss er die Fenster, um ungestört zu sein.

***

Schockierend war für die Schüler, dass manche ihrer Lehrer nicht mehr erschienen. Klassen wurden zusammengelegt, manche Unterrichtsgegenstände fielen vollständig aus.

Niemand wollte es aussprechen, aber alle fühlten, dass sich vieles sehr schnell veränderte und sie nichts dagegen tun konnten.

Eines Tages, erschien Franzls Freund Ulrich nicht zum Unterricht. Herr Debner erklärte, dass Ulrichs Vater ihn vom Schulbesuch abgemeldet habe.

Das war ein schwerer Schlag für Franzl. Er konnte es nicht erwarten, zu Hause davon zu berichten. Seine Mutter war genauso überrascht und beide erwarteten ungeduldig die Heimkehr des Vaters von der Arbeit.

Was beide schon befürchtet hatten, bewahrheitete sich. Der Pichler wusste bereits, dass Wilfried mit seiner Familie nach Nordtirol zu seiner Schwester ausgewandert war.
„Dort kann er bei der Eisenbahn im Verschub weiterarbeiten und die Familie wohnt einstweilen bei seiner Schwester“, erklärte er.
Franzl bat, sich von Ulrich verabschieden zu dürfen.
„Die sind bereits heute früh mit dem Zug über den Brenner abgereist. Da ist niemand mehr“, wusste der Pichler.

Wieder einmal musste Franzl den Verlust eines guten Freundes ertragen. Er wusste, dass er von nun an noch einsamer sein

würde. Denn seine Eltern verboten ihm strikt jeglichen Umgang mit anderen Burschen seines Alters.
Mit Ulrich hatte er vieles besprechen können, in der Schule war er sein bester Kamerad gewesen und er hatte es Franzl immer gedankt, dass er ihm bei so vielem geholfen hatte.

Im Schrebergarten hatten sie sich gegenseitig bei den Arbeiten unterstützt und durch ihn hatte Franzl ein bisschen Freiheit schnuppern können. Er wusste, dass die kleinen Radausflüge und das gemeinsame Schwimmen für immer vorbei waren.
Aber noch mehr belastete ihn die Angst, dass auch der Pichler mit seiner Familie nach Nordtirol ziehen würde. Was erwartete ihn dort?
Die Bedrohung stand im Raum und er machte sich große Sorgen um die Zukunft.

Auch die Mutter spürte, dass sich ihr bisheriges Leben komplett ändern könnte.
Sie blickte ratlos und fragte: „Was ist mit uns? Müssen wir auch wegziehen von hier?"

Der Pichler meinte, wenn die Italiener weiterhin über Südtirol bestimmten, werde ihnen nichts anderes übrigbleiben.
Er befürchtete, dass in der Folge der italienische Staat die österreichischen Eisenbahner nicht mehr anstellen würde.

„Aber noch brauchen sie uns", meinte er, „denn bei den Walschen geht alles drunter und drüber. Die haben keine Ordnung, die können überhaupt nichts!"

***

Ein paar mutige Eisenbahnerkollegen trafen sich, um gegen ihre Entlassung und die Ausweisung aus Südtirol zu streiken. Auch der Pichler war dabei. Die kleine Gruppe stellte sich vor dem Bahnhof auf.

Sie verweigerten ihre Arbeit. Auf Kartons hatten sie Sprüche geschrieben und versuchten so, auf ihre Situation aufmerksam zu machen. Eine Abordnung von Carabinieris bewachte den Protest, der aber weitgehend ungehört blieb.

Dass die Waggons wegen des Streiks nicht mehr verschoben wurden, sondern auf dem Bahnhof stehen blieben, war den Behörden egal. Dass Waren verdarben, regte die italienische Besatzung nicht auf. Im Gegenteil, die Streikenden erfuhren, dass bald schon italienische Kräfte ihre Aufgaben übernehmen würden.

Da die Bahnarbeiter aber inzwischen dem italienischen Staat unterstanden, wurde ihnen das Streiken gänzlich untersagt. Ein Beamter der italienischen Staatsbahnen, der „Ferrovie dello Stato", teilte ihnen mit, dass es für sie kein Streikrecht gäbe. Wer die Anordnungen nicht befolge, könne sofort nach Hause gehen. So blieb ihnen nichts anderes übrig, als ihre Arbeit wieder aufzunehmen.

Die politischen Veränderungen wurden immer drastischer. Es gab keine Gendarmen mehr, italienische Carabinieri hatten deren Arbeit übernommen und patrouillierten überall auf den Straßen und auf den öffentlichen Plätzen.

Der Pichler wusste zu berichten, dass im ganzen Land Kundgebungen der Südtiroler stattfanden. Sie trugen Spruchbänder mit Parolen, um gegen die Abtrennung Südtirols zu protestieren. Aber nichts konnte die missliche Situation verändern. Die Aktionen wurden einfach ignoriert.

Als dann kurz vor dem Herz-Jesu-Sonntag dazu aufgerufen wurde, als Protestmaßnahme die Herz-Jesu-Feuer auf den Bergen im ganzen Land gleichzeitig zu entzünden und mit Böllerschüssen zu begleiten, wurden von den italienischen Behörden sofort entsprechende Gegenmaßnahmen gesetzt.

In Bozen gab es Ausgehverbote und eine Reihe von Beschränkungen. Durch ihre Präsenz zeigten Polizei und Militär, dass die Anordnungen ernst zu nehmen seien. Vielerorts wurden die Bergfeuer und die Böllerschüsse untersagt.

***

Steffl schrieb in einem Brief, dass sie sich im Pfitschtal nicht von den Verboten hätten abhalten lassen, ihre Herz-Jesu-Feuer zu entzünden. Und in Sterzing sei unter Aufsicht von bewaffneten Carabinieri die Herz-Jesu-Prozession begangen worden.

Auch in Bozen wollten sich viele Einwohner ihre Freiheiten nicht nehmen lassen. Tiroler Fahnen wurden gehisst, an den Mauern prangten hitzige Parolen. Unerschrockene Bürger versammelten sich auf den Straßen und sangen Lieder, in denen sie das österreichische Kaiserreich rühmten und zum Kampf gegen die Besetzer aufforderten.

Doch die Kundgebungen wurden immer wieder aufgelöst, manchmal auch mit Waffengewalt.

Es kam sogar zu tätlichen Auseinandersetzungen. Die Bozner Bürger waren über das Einschreiten der Carabinieri entsetzt. Es gab Anzeigen und Verhöre, die Wohnungen von Demonstranten wurden durchsucht.

Verhaftungen und allzu harte Vergeltungsmaßnahmen gegen die Bevölkerung kamen immer wieder vor. Dass dadurch der Hass auf die italienische Herrschaft geschürt wurde, war nicht verwunderlich.

***

Überall im Land herrschte angespannte Stimmung, niemand wusste, was in den nächsten Tagen passieren würde.

Den österreichischen Eisenbahnern wurde, wie befürchtet, mitgeteilt, dass sie nicht weiter beschäftigt würden und dass ihre Pensionsansprüche in Italien verfallen würden.

Da der Pichler als gebürtiger Österreicher wenig Aussicht auf den Erhalt der italienischen Staatsbürgerschaft hatte, war es endgültig besiegelt, er musste mit seiner Familie nach Nordtirol gehen.

Zenzi wollte und konnte nicht glauben, dass sie ihr geliebtes Südtirol verlassen sollte. Sie konnte sich nicht vorstellen, in einem fremden Land Fuß zu fassen und weiterzuleben. Sie war hier tief verwurzelt, noch nie war sie aus Südtirol herausgekommen. Ihre ganze Familie, ihre Geschwister, alle lebten hier.

Sie wusste nichts über Nordtirol, sie hatte sich auch nie dafür interessiert. Aber in ihrer Vorstellung war es dort kalt und unwirtlich und in den Zeitungen war zu lesen, dass die wirtschaftliche Versorgungslage in Innsbruck außerordentlich schlecht sei.
Wo sollten sie wohnen? Sie wusste aus Erzählungen, dass manche ausgewanderte Familien in abgestellten Eisenbahnwaggons ihr karges Leben fristen mussten.
Die Angst vor dem Unbekannten belastete und zermürbte sie.

Bitterer Abschied

Nun war es so weit, Franzl und seine Familie mussten Südtirol verlassen und nach Innsbruck auswandern. Schon seit Tagen war der Pichler daheim, er hatte seine Anstellung bei der Bahn verloren.

Franzl ging seit den Ferien nicht mehr zur Schule. Der Pichler hatte ihn von der Bürgerschule abgemeldet. Nicht einmal von

Siegfried und von seinen Lehrern hatte sich Franzl verabschieden können.

Noch ein letztes Mal hatte er die Mandolinenstunde bei Frau Ertl besucht und sich bei ihr für alles bedankt. Auch ihr fiel der Abschied schwer, sie schenkte ihm ein kleines Liederbuch mit Spielstücken für Mandoline.

Auf dem Weg durch die Lauben blickte er noch einmal zu den Haustüren mit den Klingeln, die ihn so sehr gereizt hatten. Er lächelte beim Gedanken daran, dass er großes Glück gehabt hatte und nicht erwischt worden war.

Zu Hause musste er seiner Mutter bei der Auflösung des Haushalts helfen. Zenzi packte Kleidung, Betten, Decken, Pfannen, Geschirr und anderen Hausrat zusammen.

Die Bettgestelle wurden auseinandergebaut, den Großteil der Möbel mussten sie jedoch zurücklassen, da ein Transport nicht möglich war. Viel wichtiger war es, die Kartoffeln und die Gläser mit eingemachtem Gemüse und Obst mitzunehmen. Und da kam ihnen wieder der Handwagen zugute, der ihnen schon oft wertvolle Dienste geleistet hatte. Sie luden ihn mit Nahrungsmitteln voll, darüber packten sie ihren Hausrat, Bettzeug, Kleidung, Schuhe und Decken.

Der Pichler machte sich jeden Tag auf zum Bahnhof, um einen Waggon für die Ausreise zu ergattern. Er nutzte seine Beziehungen und erfuhr, wann eine Ausreise möglich war. Nebenbei erreichte er, dass ihm für sein umfangreiches Gepäck und für einzelne Möbelstücke ein leerer Viehwaggon zugeteilt wurde.

Am Vorabend brachten der Pichler und Franzl ihre Habseligkeiten zum Bahnhof. Ein befreundeter Verschieber half beim Einladen des aufgepackten Leiterwagens und der zerlegten Möbelstücke. Der kommende Tag stand somit als Termin für die Ausreise fest.

Die Familie verbrachte ihre letzte Nacht in der fast leergeräumten Wohnung. Keiner von ihnen konnte schlafen, jeder machte sich große Sorgen darüber, was die Zukunft wohl bringen würde. Franzl lag in seinem Kabinett und lauschte in die Stille der Nacht. Jeder Laut der zu ihm drang, erschien ihm unheimlich und bedrohlich. Er zählte die Glockenschläge der nahen Kirchturmuhr, die Zeit kroch zäh dahin.

Er konnte sich nicht vorstellen, wie sein Leben nun weitergehen sollte. Was erwartete ihn in Innsbruck? Wo würden sie unterkommen? Konnte er dort weiter die Bürgerschule besuchen? Auf seine vielen Fragen gab es keine Antwort.

Am frühen Morgen brachen sie auf. Franzl musste mehrere Schichten an Kleidung und darüber noch seine Pelerine anziehen. Seine Mutter half ihm, den schweren Rucksack zu schultern. Ganz oben auf dem Rucksack war der Stoffsack mit der Mandoline befestigt.

Auch Zenzi und der Pichler waren schwer bepackt. So machten sie sich in aller Herrgottsfrühe auf den Weg. Am Bahnhof angekommen, öffnete der Pichler mit einem speziellen Schlüssel den versperrten Viehwaggon. Die Rucksäcke und Taschen wurden eilig eingeladen. Erschöpft stiegen sie ein und setzen sich auf den Boden.

Es gab auch Personenwaggons. Diese hatten zwar Sitzplätze, aber sie waren mit Auswanderern überfüllt. Vielen war es nicht möglich, alle ihre Gepäckstücke unterzubringen. Sie mussten sie zurücklassen.

Als der Zug langsam anfuhr, standen herrenlose Möbelstücke, Schachteln, Jutesäcke und Kisten auf dem Bahnsteig, die von ihren Besitzern in der neuen Heimat wohl schmerzlich vermisst würden.

Zuerst hielt der Zug in Brixen, um weitere Auswanderer zusteigen zu lassen. Als die Eisenbahn in Sterzing Halt machte, stiegen auch in Pichlers Waggon Erwachsene und Kinder mit ihren Gepäckstücken zu, sodass sogar auf dem Boden kaum noch Platz zum Sitzen war.

Die Menschen, die eingestiegen waren, lehnten sich wortlos an ihre Rucksäcke und Taschen. Alle waren bedrückt und entsetzt darüber, was gerade mit ihnen passierte. Sogar die Kinder schwiegen. Mit offenen Mündern und großen Augen drängten sie sich an ihre Mütter. Auch sie spürten die Verzweiflung der Erwachsenen. Männer wie Frauen hatten keine Tränen mehr, schicksalsergeben hingen sie ihren Gedanken nach.

Franzl schaute bei der geöffneten Schiebetür hinaus und sein Blick ging genau in Richtung Pfitschtal. Draußen regnete es, die Berge waren wolkenverhangen. Obwohl er keine Orte erkennen konnte, wusste er, wo Tulfer lag. Er musste mit aller Gewalt die aufsteigenden Tränen unterdrücken. In seinem Inneren weinte es, wie es draußen in der Natur regnete.

Er war sich nicht sicher, ob er Steffl, Mena und die Großeltern jemals wiedersehen würde. Er wusste aus Steffls Briefen, dass auf dem Leitnerhof das Leben ohne große Veränderungen weiterging. Steffl hatte in einer Tischlerei in Wiesen eine Lehre begonnen. Zusätzlich arbeitete er daheim auf dem Hof. Seine Hilfe wurde dort dringend benötigt. Auch Steffl schrieb in seinen Briefen immer wieder, wie sehr er Franzl vermisse.

Es vergingen über zwei Stunden, bis der Zug sich wieder in Bewegung setzte. Die Schiebetür des Waggons war zwar wieder verschlossen, doch man spürte, wie immer kältere Luft ins Innere drang, je mehr sie sich dem Brenner näherten. Die Lokomotive schnaufte auf die Anhöhe des Passes.

Dort angekommen, hielt der Zug. Österreichische Beamte und italienische Carabinieri kontrollierten die Papiere. Die Stunden des Wartens zogen sich dahin. Es dunkelte schon, als es dann endlich Richtung Innsbruck weiterging. Jetzt gab es kein Anhalten mehr, bald waren sie am Innsbrucker Bahnhof angekommen.

Der Bahnsteig war überfüllt mit Auswanderern, die nicht wussten, wohin sie sollten. Kinder weinten, Menschen riefen durcheinander, es herrschte Chaos, wohin man schaute. Die Beamten waren heillos überfordert. Sie konnten kaum Ordnung schaffen.

Der Pichler hieß Franzl und Zenzi, auf ihr Hab und Gut aufzupassen und es vor Diebstahl zu schützen. Franzl setzte sich auf den Leiterwagen und hielt den Sack mit der Mandoline vor seiner Brust.

Dann machte sich der Pichler auf den Weg in die Bahnhofshalle. Er konnte sich kaum durch die wartende Menschenmenge durchkämpfen. Mit seinem bekannten Durchsetzungsvermögen gelang es ihm aber, in ein Büro zu einem zuständigen Bahnvorstand zu kommen. Von ihm erhielt er die Adresse einer Wohnung, in der noch ein Zimmer frei war.

Franzl und der Pichler schleppten die Möbelbretter, Zenzi zog den schweren Leiterwagen. So machten sie sich auf zur angegebenen Adresse.
Innsbrucks Straßen boten ein düsteres Bild. Es nieselte, kalter Wind pfiff ihnen um die Ohren und auf den Straßen hasteten Menschen an ihnen vorbei. Jeder wollte möglichst schnell in ein sicheres Zuhause.

Zum Glück fanden sie die Wohnung an der bezeichneten Anschrift. Dort hausten bereits zwei Familien mit ihren Kindern. Wie viele Kinder es waren, konnte Franzl an diesem ersten Abend gar nicht feststellen. Argwöhnische Augen blickten ihnen entgegen. Der Ärger über weitere Bewohner in diesen engen Räumlichkeiten war ihnen abzulesen.

Die Pichlers bekamen eine kleine Kammer zugewiesen. Den Leiterwagen brachten sie nur mit großer Kraftanstrengung durch die Zimmertür. Aber sie wussten, dass sie ihn nicht in der Gemeinschaftsküche stehen lassen konnten, denn innerhalb kürzester Zeit wäre er leergeräumt.

Zenzi holte aus der Küche Wasser, sie aßen das mitgebrachte Brot. Danach breiteten sie ihre Decken auf dem Boden aus und schliefen erschöpft ein.

Neuanfang

Fahles Licht fiel ins Zimmer, als Franzl am nächsten Morgen erwachte. Er blickte in einen grauen Himmel und auf graue Mauern der gegenüberliegenden Häuser. Schnell wurde er in die Wirklichkeit zurückgeholt.
Der Pichler hatte sich bereits angezogen und war im Begriff, das Haus zu verlassen. Franzl beobachtet, wie er mitgebrachte Einmachgläser und einen kleinen Sack Polenta in seiner Tasche verstaute.
Seine Mutter saß auf dem Stuhl, den Kopf auf ihre Hände gestützt, als wolle sie ihre Augen vor der harten Wirklichkeit verschließen. Als sich Franzl ein wenig umsah, bemerkte er, wie schäbig das Zimmer war. Der Verputz bröckelte an manchen Stellen und ein eiskalter Luftstrom wehte durchs undichte Fenster.

Als der Pichler gegangen war, begann Zenzi haltlos zu schluchzen. Franzl hatte seine Mutter noch nie so bitterlich weinen gesehen und wusste nicht, wie er sich verhalten sollte. Er wollte sie trösten, fühlte sich aber gehemmt, denn sie hatte ihn noch nie in den Arm genommen. Er drehte sich zur Wand und hing seinen eigenen traurigen Gedanken nach.

Gegen Mittag ging Zenzi in die Küche, um dort ein paar der mitgebrachten Erdäpfel zu kochen.

„Wenn du unseren Herd benutzen willst, musst du etwas von deinem Essen abgeben!“, wurde sie von den beiden Frauen zurechtgewiesen.

Zenzi holte schweigend noch ein paar rohe Erdäpfel und übergab sie der Mitbewohnerin, die hier wohl das Sagen hatte. Dann konnte sie endlich ihre Kartoffeln sieden. Sie blieb beim Topf stehen, bis das Essen fertig war, denn sie befürchtete, dass sonst diese „Gesottenen“ schnell verschwinden könnten.

Da es im Zimmer keinen Tisch gab, stellte Zenzi das Essen auf den Leiterwagen und Franzl aß auf dem Boden sitzend.

***

Erst am späten Nachmittag kam der Pichler zurück. Er hatte sich tatsächlich bereits eine neue Arbeit organisiert.

„Eine Wohnung bekommen wir auch bald. In diesem Loch brauchen wir nicht lange zu bleiben. Und nächste Woche kann ich wieder als Verschieber bei der Bahn arbeiten!“, verkündete er.

Er freute sich sichtlich über seine baldige Einstellung. Außerdem hatte er Lebensmittelmarken organisiert. Das war wenigstens ein kleiner Lichtblick, denn Zenzi wusste nicht, wie lange sie von den Vorräten noch leben konnten. Es war bewundernswert, wie der Pichler mit der neuen Situation zurechtkam.

„Als nächstes suche ich eine Lehrstelle für dich“, kündigte der Pichler Franzl an. Damit war es beschlossene Sache, dass es mit der Schullaufbahn vorbei war.

***

Doch es stellte sich heraus, dass es ein Problem mit Franzls Staatsbürgerschaft gab. Während der Pichler, der ja in Niederösterreich geboren war, und Zenzi als seine Ehefrau problemlos die Bestätigung für ihre österreichische Staatsbürgerschaft erhielten, war Franzl als Ziehsohn auf einmal ein Italiener. Keiner von ihnen hatte jemals eine derartige Entwicklung für möglich gehalten.

„Mit dir hat man nur Scherereien!“, herrschte er den Buben an. Zu Zenzi gewandt schimpfte er: „Dein Sohn ist und bleibt ein Walscher! Das hast du jetzt davon!“

Der Pichler unternahm mehrere Behördengänge. Seinen Ziehsohn adoptieren wollte er nicht. Den Grund dafür konnte Franzl nie in Erfahrung bringen.

Die einzige Lösung, die das Amt vorschlug, war ein Schreiben an Pichlers Heimatgemeinde in Niederösterreich um die Vergabe der österreichischen Staatsbürgerschaft an seinen Ziehsohn Franz. Der Pichler brachte ein entsprechendes Ansuchen mit. Franzl musste es ausfüllen und an Pichlers Heimatgemeinde schicken. Bis der dortige Gemeinderat positiv abgestimmt hatte, dauerte es fast ein Jahr. Dann erst war Franzl ein Österreicher.

In diesen Jahren herrschte eine unvorstellbar rasante Geldentwertung. Während im Jahr 1922 für die „Beibringung des Heimatdokuments“ eine 500 Kronen Stempelmarke erforderlich war, musste Franzl für die „Einbürgerungsurkunde“ im Jahr 1923 schlussendlich dann eine 40.000 Kronen Stempelmarke bezahlen.

Inzwischen war es dem Pichler gelungen, eine kleine Wohnung und nach und nach einige Möbel zu organisieren. Die Wohnung bestand aus der Küche und einem Zimmer.

Franzl bekam ein Bett in einer Ecke der Küche. Sonst besaß er nichts, nicht einmal ein Kästchen oder eine Schublade, in der er etwas hätte verstauen können.

Der Pichler hatte inzwischen für Franzl einen Arbeitsplatz bei einem Malerbetrieb gefunden. Bis Franzl den positiven Staatsbürgerschaftsbescheid in Händen hielt, musste er dort als Gehilfe mitarbeiten. Erst dann konnte er mit der Lehre beginnen.

Seinen Traum von Schule und Studium musste er endgültig begraben. Er fand sich mit den Gegebenheiten ab, arbeitete fleißig und versuchte das Beste daraus zu machen.

***

Er bekam bald wieder Kontakt zu seinem Freund Ulrich, der im benachbarten Hall wohnte. Ulrich hatte in der Bäckerei seines Onkels eine Lehre begonnen. Manchmal bekam Franzl einen Laib Brot von ihm, den er stolz nach Hause brachte.

Ulrich gelang es, zwei alte Fahrräder aufzutreiben. Ständig waren die beiden Freunde auf der Suche nach Ersatzteilen, um die Räder wieder fahrtauglich zu machen. Viele Sonntage verbrachten sie mit Basteln und Reparieren.

Als die Räder endlich verkehrstüchtig waren, trafen sie sich regelmäßig und unternahmen an den Wochenenden Ausflüge ins Grüne.

Und dann hörten sie von einem Radrennen, das auf der kurvenreichen Straße von Innsbruck bis zum Brennersee stattfinden würde. Mit ihren schweren Rädern trainierten sie, bezwangen Steigungen und Kurven. Sie nahmen dann sogar an verschiedenen Rennen teil, belegten zwar keine vorderen Plätze, aber sie freuten sich, dass sie so manche schwierige Strecke bewältigen konnten.

Franzl verweilte in seiner Freizeit gerne in Hall bei Ulrichs Eltern. Dort fühlte er sich willkommen und gut aufgenommen, denn es war ein gutes Miteinander in der Familie.

Bei ihm zu Hause herrschte stets angespannte Stimmung. Der Pichler bestimmte den Alltag. Franzl versuchte, keine Bedürfnisse zu haben, um den Eltern nicht zur Last zu fallen. Er musste sich mit dem Leben, so wie es jetzt war, abfinden. Nur so gelang es ihm, keinen Zorn zu erregen und den Pichler zu ertragen.

Auch in der neuen Wohnung gab es bald Auseinandersetzungen mit den Nachbarn, vor allem, wenn die Nachbarskinder zu laut waren. Alle im Haus kannten und fürchteten den Pichler.

Zenzi verließ nur selten die Wohnung. Sie war hier in der Fremde zutiefst unglücklich. Sie saß oft stundenlang vor dem Fenster und blickte in Richtung Süden. Die Stadt Innsbruck war nicht ihre Stadt. Sie war ihr zu kalt und zu grau.

Ihr ganzes Leben lang konnte sie es nicht verwinden, dass sie ihre Heimat hatte verlassen müssen.

Nachwort

Zenzi und Karl Pichler

Der Pichler lebte sich schnell in Innsbruck und in seinem beruflichen Umfeld ein. Er und Zenzi lebten sehr zurückgezogen.

Mit ihren Schwestern stand Zenzi stets in brieflichem Kontakt, vor allem Schwester Julie schrieb regelmäßig. Zenzi kam aber nur äußerst selten zu einem Besuch nach Südtirol.

Als sie aus den Zeitungen erfuhr, dass ein paar Monate nach ihrer Auswanderung die Faschisten in Bozen einmarschiert waren, dass sie das Rathaus besetzt und die italienische Fahne gehisst hatten, beschloss sie, nie wieder dorthin zu reisen. Sie wusste, die Stadt Bozen, wie sie sie kannte, würde es nicht mehr geben.

Zur Feier des 100. Geburtstags ihres Vaters ließ sie sich dann doch überreden nach Sterzing zu fahren. Dort traf sie ihre Schwestern und ihren Vater ein letztes Mal.

***

Der Pichler verstand es gut, Dinge zu organisieren, und so zog die Familie bald in Innsbruck in eine größere Wohnung. Es gelang ihm auch wieder einen Schrebergarten zu pachten. Hier verbrachten meine Großeltern gern ihre freien Sonntage. Sie konnten pflanzen und ernten und hatten Kontakte zu Eisenbahnerkollegen und deren Familien.

Als Franzl seine Lehre abgeschlossen hatte und volljährig war, verließ er sein Elternhaus und baute sich in Schwaz eine eigene Existenz auf. Mit seinen Eltern blieb er immer in Verbindung.

Als er seine eigene Familie gegründet hatte, besuchte er mit seiner Frau und seinen beiden Kindern regelmäßig die Großeltern in Innsbruck.

Uns Kindern gegenüber war Zenzi eine freundliche und liebevolle Oma. Wenn wir zu ihr kamen, lag für uns immer eine große Tafel Schokolade bereit.
Vor meinem Opa, dem Pichler, hatte ich - wahrscheinlich aufgrund der Erzählungen meines Vaters - gehörigen Respekt.

Im Schlafzimmer meiner Großeltern hing über dem Bett ein Bild, das mich beeindruckte. Darauf sah man eine Frau, die mit sehnsüchtigem Blick aus einem großen, offenen Fenster in die Ferne blickte. Im Hintergrund konnte man eine liebliche Landschaft mit Gebirgen und Tälern erkennen. Mein Vater erklärte mir, dass dort Südtirol sei und dass die schroffen Felsen die Dolomiten wären.

In meiner Vorstellung war die Frau auf dem Gemälde meine Oma.
Und so ist sie mir auch in Erinnerung geblieben.
Meine Oma starb im Jahr 1967 im Alter von 85 Jahren.

Der Pichler lebte als Witwer allein in der Wohnung.
Als er im Alter Hilfe brauchte, kümmerten sich meine Eltern fürsorglich um ihn. Sie fuhren wöchentlich mit dem Zug nach Innsbruck, hielten die Wohnung instand und putzten und kochten für ihn.

Bei einem Spaziergang stürzte er in eine Baugrube und kam ins Krankenhaus. Dort starb er dann 1972 an den Folgen seiner Verletzungen.

Die Leitnerischen

Zenzis Schwestern waren alle in Südtirol geblieben. Julie war in Gasteig verheiratet. Moidl war die Wirtin des Gasthofs Maibad und auch Anna lebte mit ihrer Familie in Sterzing. Liesl war die Ettlbäuerin in Tulfer.

Mena war zeitlebens ledig und blieb bei ihrem Sohn Steffl und den Großeltern auf der Oberen Leite. Dort bewirtschafteten sie gemeinsam den Leitnerhof.
Nach abgeschlossener Lehre arbeitete Steffl weiterhin in der Tischlerei in Wiesen.

Als im Jahr 1930 die Nandl schwer erkrankte, zogen der Großvater und die Nandl zu ihrer Tochter Moidl nach Sterzing. Dort war ein Arzt leichter erreichbar und die beiden Töchter Moidl und Anna konnten ihre Mutter pflegen. Die Nandl starb 1932.

Steffl heiratete und lebte mit seiner Frau und seiner Mutter Mena weiterhin auf der Oberen Leite.
1940 trat auch Italien in den 2. Weltkrieg ein. Steffl bekam seine Einberufung. Er wurde schwer verwundet und kam in ein Lazarett, wo er verstarb. Seine Frau Marianne ging wieder zurück auf den Hof ihrer Eltern nach Flains.

Mena zog dann nach Sterzing zu ihrer Schwester Moidl, wo auch der Großvater lebte, und arbeitete dort im Gasthaus. Sie konnte den Tod ihres Sohnes nie verwinden. Sie starb im Alter von 59 Jahren.

Der Leitnerhof blieb unbewohnt. Er verfiel und als ich mit meinen Eltern Jahrzehnte später einmal dort war, erinnerten nur noch Reste der Grundmauern an das einstige Bauernhaus.

Der Großvater verbrachte seinen Lebensabend bei seiner Tochter Moidl in Sterzing.

Zu seinem Eintritt ins hundertste Lebensjahr erschien am 18. Februar 1950 folgender Bericht in der Sterzinger Zeitung:

In das hundertste Lebensjahr getreten

Ein Bauer aus Pfitsch feiert den 100. Geburtstag

Maibad bei Sterzing, 18. Februar

Zu einem einmaligen Anlaß ist die Musikkapelle von Wiesen am Abend des Valentinitages ausgerückt: zum Geburtstagsständchen für einen Neunundneunzigjährigen. In Maibad bei Sterzing, dem westlichsten Zipfel der Gemeinde Pfitsch, die heute die beiden ehemaligen Gemeinden Wiesen und Pfitsch umfaßt, feierte der Bauer Alois **Kofler** die Vollendung seines 99. und den Eintritt ins 100. Lebensjahr. Er dürfte wohl der älteste Mann Südtirols sein.

Alois Kofler wurde am 15. Februar 1851 auf dem Hofe „Obere Leite" im Pfitscher Tale geboren und hat dort als Hofsohn, später als selbständiger Bauer bis zum 79. Lebensjahr gearbeitet und geschunden, um den 1400 m hoch gelegenen Gründen den kargen Ertrag zum Unterhalt seiner nach und nach anwachsenden Familie abzuringen. Nun verbringt er in Maibad im Hause seiner Tochter Maria, verehelichte Kiensberger, nach harter Lebensarbeit die wohlverdienten Ruhetage. Gott hat ihm Gesundheit und staunenswerte Rüstigkeit bis ins hohe Patriarchenalter erhalten; der Leitnervater geht noch aufrecht wie ein alter Offizier, ist stets voll sprühenden Humors und besonders seine bis in die fernen Jugendjahre zurückreichende Gedächtnistreue ist bewundernswert; das Augenlicht freilich ist im Alter immer schwächer geworden und seit drei Jahren ganz erloschen.

Mit einem Trommelwirbel kündigte sich die Wiesener Musikkapelle im Abenddämmern vor dem Hause des Jubilars an, ein schneidiger Marsch folgte und nun trat der Greis an der Hand seiner Tochter Anna ins Haustor, um freudestrahlend das Ueberraschungsständchen entgegenzunehmen. Kapellmeister Hans Bacher, Bürgermeister der Gemeinde Pfitsch, sprach dem Jubilar im Namen der Gemeinde die herzlichsten Glückwünsche aus und jeder einzelne der Musikanten trat heran, um ihm die Hand zu schütteln. Zu der gemütlichen kleinen Feier im Hause erschien unter den Gratulanten auch der Pfarrer von Wiesen, Hochw. Josef Crepaz, und etwas später der Bruder Leopold, der mit seinem Sohn aus Zirl eintraf. Der Neunundneunzigjährige, der heute fünf Kinder — drei sind nicht mehr Leben —, 16 Enkel und 20 Urenkel hat, freute sich herzlich über die Ehrung und es gab im Laufe des Abends viel Frohsinn und Lachen, als der Leitnervater köstliche Geschichten aus seinem langen Leben zum Besten gab. All den vielen guten Wünschen schließen auch wir uns von Herzen an!

Photo Delfauro, Sterzing

Fast ein Jahrhundert hat der Leitnervater erlebt

„In das hundertste Lebensjahr getreten

Ein Bauer aus Pfitsch feiert den 100. Geburtstag

Maibad bei Sterzing, 18. Februar

Zu einem einmaligen Anlaß ist die Musikkapelle von Wiesen am Abend des Valentinitages ausgerückt: zum Geburtstagsständchen für einen Neunundneunzigjährigen. In Maibad bei Sterzing, dem westlichsten Zipfel der Gemeinde Pfitsch, die heute die beiden ehemaligen Gemeinden Wiesen und Pfitsch umfaßt, feierte der Bauer Alois Kofler die Vollendung seines 99. und den Eintritt ins 100. Lebensjahr. Er dürfte wohl der älteste Mann Südtirols sein.
Alois Kofler wurde am 15. Februar 1851 auf dem Hofe „Obere Leite" im Pfitscher Tale geboren und hat dort als Hofsohn, später als selbständiger Bauer bis zum 79. Lebensjahr gearbeitet und geschunden, um den 1400 m hoch gelegenen Gründen den kargen Ertrag zum Unterhalt seiner nach und nach anwachsenden Familie abzuringen. Nun verbringt er in Maibad im Hause seiner Tochter Maria, verehelichte Kiensberger, nach harter Lebensarbeit die wohlverdienten Ruhetage. Gott hat ihm Gesundheit und staunenswerte Rüstigkeit bis ins hohe Patriarchenalter erhalten; der Leitnervater geht noch aufrecht wie ein alter Offizier, ist stets voll sprühenden Humors und besonders seine bis in die fernen Jugendjahre zurückreichende Gedächtnistreue ist bewundernswert; das Augenlicht freilich ist im Alter immer schwächer geworden und seit drei Jahren ganz erloschen.
Mit einem Trommelwirbel kündigte sich die Wiesener Musikkapelle im Abenddämmern vor dem Haus des Jubilars an, ein schneidiger Marsch folgte und nun trat der Greis an der Hand seiner Tochter Anna ins Haustor, um freudestrahlend das Überraschungsständchen entgegenzunehmen. Kapellmeister Hans Bacher, Bürgermeister der Gemeinde Pfitsch, sprach dem Jubilar im Namen der Gemeinde die herzlichsten Glückwünsche aus und jeder einzelne der Musikanten trat heran, um ihm die Hand zu schütteln. Zu der gemütlichen kleinen Feier im Hause erschien

unter den Gratulanten auch der Pfarrer von Wiesen, Hochw. Josef Crepaz, und etwas später der Bruder Leopold, der mit seinem Sohn aus Zirl eintraf. Der Neunundneunzigjährige, der heute fünf Kinder – drei sind nicht mehr am Leben –, 16 Enkel und 20 Urenkel hat, freute sich herzlich über die Ehrung und es gab im Laufe des Abends viel Frohsinn und Lachen, als der Leitnervater köstliche Geschichten aus seinem langen Leben zum Besten gab. All den vielen guten Wünschen schließen auch wir uns von Herzen an!"

***

Der Großvater starb im Mai 1951, er wurde 100 Jahre und drei Monate alt.

Franzl

Seine Malermeisterprüfung bestand er mit Auszeichnung. Er hatte sich bestens vorbereitet. Bei der gefürchteten Prüfung über Kunstgeschichte hatten die Prüfer genau dasselbe Buch vor sich liegen, aus dem auch Franzl gelernt hatte. Seine Antworten kamen wie aus der Pistole geschossen und er verblüffte die Prüfungskommission mit seinem umfangreichen Wissen. Einer der Prüfer fragte ihn sogar, ob er Kunstgeschichte studiere.

Franzl als junger Malermeister

Mit seinem Meisterbrief in der Tasche zog er nach Schwaz und mit viel Einsatz gelang es ihm bald, einen eigenen kleinen Betrieb zu eröffnen.

Den Kontakt zu seiner Südtiroler Verwandtschaft – zu seinen Großeltern, zu Steffl und zu seinen Tanten – hielt er stets aufrecht. Auch wenn Besuche nur selten möglich waren, so schrieben sie sich häufig und wussten über das Wohlergehen der anderen Bescheid.

Als der 2. Weltkrieg ausbrach, wurde Franzl als Soldat nach Frankreich eingezogen. Sein Malerberuf war für ihn ein Glücksfall. Er bekam die Order, Fahrzeuge und Panzer mit Tarnfarbe zu bemalen. Auch Schilder musste er beschriften. Er machte das so gut, dass er auch noch Aufträge für Bürotätigkeiten und andere Schreibarbeiten bekam. So blieb ihm vorerst die Front erspart.

Im weiteren Kriegsverlauf wurde er dann aber an die Front nach Russland geschickt. Er überlebte den Krieg und sein Grauen mit viel Glück. Nach Kriegsende kam er in russische Gefangenschaft. Dort überstand er schwerste körperliche Arbeit, Demütigungen, Hunger und Erfrierungen.

Der Hunger war so groß, dass er sogar Frösche fing und sie roh verspeiste. Im sibirischen Winter stopfte er sich gegen die Eiseskälte Zeitungspapier in die Stiefel und unter die Kleidung. Am Hinterkopf, an der ungeschützten Stelle zwischen dem Mantelkragen und der Mütze, erlitt er Erfrierungen. Sein Leben lang verspürte er dort ein lästiges Jucken.

Er erkrankte an Ruhr. Als er nach über zwei Jahren russischer Gefangenschaft wieder heimkam, war er vollkommen entkräftet und konnte kaum einen Fuß vor den anderen setzen. Er war so abgemagert und eingefallen, dass ihn in der Heimat niemand erkannte.

***

Er hatte schon vor Kriegsbeginn zur Untermiete bei einem älteren Ehepaar in Schwaz gewohnt. In einem Anbau dieses Hauses befand sich seine Malerwerkstätte. Die Vermieter hatten alles so belassen, wie es vorher gewesen war.

Und so konnte Franzl wieder sein Zimmer beziehen. Doch bevor er seine Arbeit aufnehmen konnte, musste er zu Kräften kommen.
Es dauerte, bis er seine Erkrankung ausgeheilt hatte. Als es ihm nach Wochen wieder etwas besser ging, führte er seinen Malerbetrieb weiter.

Bei einem Besuch bei seinen Eltern erfuhr er, dass Steffl im Krieg gefallen war. Diese Nachricht traf ihn schwer, er konnte es lange Zeit nicht verwinden, dass er Steffl nie wiedersehen würde.

***

In Schwaz lernte er seine Frau Julia kennen. Sie heirateten und bekamen zwei Kinder. Seinen Sohn nannte er Stefan, in Erinnerung an seinen geliebten Steffl.

Franzl war ein lebensfroher Mensch und liebevoller Vater. Seine Familie war für ihn das wichtigste. Eine meiner ersten Erinnerungen an meinen Papa ist, dass er am Sonntagmorgen mit dem Fahrrad in die Konditorei fuhr und für uns „Indianerkrapfen“ kaufte. Das war ein Gebäck, das aus zwei halben Schokokuchen bestand und mit süßem Schlagobers gefüllt war. Für mich war das eine Köstlichkeit, die ich bis heute nicht vergessen habe.

Wenn mein Vater Zeit hatte, erzählte er mir vor dem Schlafengehen eine Geschichte. Ich war fasziniert, wenn er mir Erlebnisse aus seiner Kindheit schilderte, und immer wieder bat ich ihn um Episoden aus seinem Leben.

Neben seinem Beruf baute er in Eigenregie ein kleines Eigenheim und dazu eine Malerwerkstätte. Dafür wurde jeder Groschen gespart, denn Schulden zu machen kam für ihn nicht in Frage. Und „Eigenregie“ bedeutete, dass er nach Feierabend sein Haus ohne jegliche fremde Hilfe erbaute. Sogar den Grundaushub für den Keller schaufelte er eigenhändig aus.

Das Haus mit der Malerwerkstätte und ein gepflegter Garten waren der Stolz meiner Eltern. Ein großer Walnussbaum vor dem Haus erinnerte meinen Vater an seine Südtiroler Heimat.

Obwohl wir kein Auto und lange Zeit keinen Fernseher besaßen, hatten wir als Kinder nie das Gefühl, dass uns etwas fehlte. Am Sonntag unternahm die ganze Familie Ausflüge mit dem Rad, im Winter gingen wir zum Rodeln. Bei Schlechtwetter spielten unsere Eltern mit uns Gesellschaftsspiele.

Ihnen war es sehr wichtig, dass wir Kinder eine gute Schulausbildung bekamen. Sie unterstützten uns darin und ermöglichten uns beiden ein Studium. Die größte Freude unserer Eltern war, dass beide Kinder einen guten Beruf ergriffen und eine Familie gründeten. Das war für unseren Papa die Entschädigung dafür, dass ihm seine Schulausbildung verwehrt geblieben war.

Unser Vater war sehr tolerant und aufgeschlossen für Neues. Ihm gefiel es, wenn wir als Jugendliche modisch kreativ waren, uns die Haare wachsen ließen und Jeanshosen trugen.
Bis ins hohe Alter ließ er selbst sich die Haare nicht kurz schneiden, sondern war immer stolz auf seine „Künstlerlocken".

Das Mandolinenspiel hat meinen Vater sein ganzes Leben lang begleitet. Immer, wenn er etwas Zeit hatte, spielte er für sich selber, zu seinem eigenen Vergnügen. Er besorgte sich Noten der gängigen Schlager, übte die Melodien ein und spielte und sang uns die Lieder vor.
Als er mit über 70 Jahren in Pension ging, trat er einer Mandolinenrunde bei. Einmal wöchentlich fuhr er mit dem Zug nach Innsbruck, traf sich dort mit den Mitgliedern des Vereins und gemeinsam erfreuten sie sich am harmonischen Zusammenspiel.

Mit seiner Familie besuchte Franzl immer wieder seine alte Heimat Südtirol. Es herrschte jedes Mal große Aufregung, wenn der Zug am Brenner stoppte und unsere Pässe kontrolliert wurden.
Da in den 60-er Jahren wiederholt Anschläge in Südtirol verübt wurden, war unser Vater als ehemaliger Südtiroler für die Carabinieri ein möglicher Täter. Sie führten ein dickes Fahndungsbuch mit, blätterten darin, berieten sich und zu unserem Glück bekamen wir unsere Pässe immer wieder ausgehändigt.

Mein Vater war ein politisch interessierter Mensch, vor allem das Schicksal der Menschen in Südtirol beschäftigte ihn. Aber er hätte sich nie in etwas verwickeln lassen. Einmal hätte es für ihn jedoch schlimm enden können.

Im Juni 1961 fuhr er mit dem Zug nach Sterzing zu seiner Tante Moidl. Sie hatte ihn gebeten, einige Räume auszumalen. Er arbeitete dort eine ganze Woche lang und half der Familie bei den Renovierungsarbeiten. Es war geplant, dass er am Samstag wieder heimfahren würde.
Da noch nicht alles fertig war, bat ihn Moidl, doch noch ein paar Tage zu bleiben. Schweren Herzens schlug er ihr den Wunsch ab. Er wollte unbedingt nach Hause, weil ich am darauffolgenden Montag meine Einschreibung für das Gymnasium in Innsbruck hatte. Es war ihm sehr wichtig, mich in die neue Schule zu begleiten. Und so trat er am Samstag seine Heimreise an.

Genau an diesem Wochenende kam es zur sogenannten „Herz-Jesu-Feuernacht“ in Südtirol, das heißt, bei einer Serie von Brandanschlägen wurden mehr als 37 Strommasten gesprengt.

In der Folge gab es Polizeikontrollen, Hausdurchsuchungen und eine Reihe von Verhaftungen. Die Italiener waren nicht zimperlich mit ihren Verhörmethoden, viele der Aktivisten wurden zu langjährigen Haftstrafen verurteilt.

Mein Vater als ausgewanderter Südtiroler, der gerade einige Tage vor dem Anschlag eingereist war, hätte wohl perfekt in das „Täterprofil" gepasst. Es wäre sicher nicht einfach gewesen, seine Unschuld zu beweisen.
Immer wieder erzählte mein Vater, welch großes Glück er gehabt hatte, weil er früh genug heimgereist war.

Unser Papa war auch im Alter noch an allem interessiert. Am liebsten las er Kunstbücher und historische Dokumentationen. Sein bevorzugtes Hobby in der Pension war das Restaurieren von Möbeln. Oft brachte er vom Sperrmüll alte Stühle, Truhen, Kästen und antike Uhren mit nach Hause, die er fachgerecht reparierte und aufarbeitete.

Einige dieser Möbel schenkte er meinem Bruder und mir und das sind heute besondere Schmuckstücke in unseren Wohnzimmern, die uns immer an den Vater erinnern.

Franzl liebte Herausforderungen und so erlernte er auch das Schachspiel. Er kaufte sich Bücher, studierte sie und brachte sich das „Spiel der Könige" selbst bei. An den Wochenenden traf er sich mit Freunden zum Spielen. Er erlernte die verschiedensten Eröffnungen und spezielle Züge und fast immer setzte er seine Gegner schachmatt.

Wenn wir ihn besuchten, stand oft ein Schachbrett bereit. Er löste Schachrätsel, die er in Zeitungen fand, und freute sich darüber, mit seinem Sohn Stefan und mit meinem Mann Toni die verschiedenen Lösungsmöglichkeiten zu diskutieren.

Meine Eltern führten eine sehr harmonische Ehe. Mein Vater war am liebsten zu Hause, in seiner Werkstatt oder im Garten. Er betonte immer, er habe im Krieg genug von der Welt gesehen.

Meine Mutter unternahm gerne Busreisen mit ihren Freundinnen. Niemals hätte mein Vater sie daran gehindert. Er freute sich, wenn seine Julia wieder heimkam und ihm von ihren Erlebnissen erzählte.

Noch vor der Einführung des Euro besorgte sich mein 94-jähriger Vater bei der Bank ein Paket mit den neuen Münzen und Scheinen, um diese Währung kennenzulernen.

Er erzählte uns, dass er in seinem Leben schon viele Währungsreformen erlebt hätte. In seiner Kindheit bezahlte man mit Kronen, die nach dem 1. Weltkrieg in Südtirol in italienische Lira umgetauscht wurden.
Als er nach Innsbruck kam, gab es den Altschilling, während des 2. Weltkrieges die Reichsmark und danach wieder den Schilling. Er meinte, dass ihm nach all diesen Umstellungen der Euro kein Kopfzerbrechen mache.

Meine Eltern waren sehr gesellig. Familie, Verwandte und Freunde waren stets willkommen. Oft kam Besuch zu einem „Watter“ oder zu einem „Huangart“ vorbei.

Je nach Jahreszeit saßen sie in netter Runde im Garten oder beim warmen Ofen beisammen. Mein Vater trank mit seinen Gästen gerne ein Glas Südtiroler Wein. Er hatte meist ein paar Späßchen auf Lager und so ging es oft recht lustig zu.

Franzls ganzer Stolz waren seine drei Enkelkinder Susanne, Laura und Leonie. So unglaublich es klingt: im Alter von 91 Jahren porträtierte er die beiden älteren Enkelkinder und schenkte ihnen diese Bilder.

Enkelin Susanne und
Enkelin Laura
gemalt von ihrem 91 - jährigen Opa

Bei einer Schularbeit hat die 14-jährige Enkelin Susanne ihren Opa folgend beschrieben:

Ein Mensch, der mir etwas bedeutet

Mein Großvater heißt Franz Josef und er lebt in Schwaz. Er ist zwar schon 84 Jahre alt, aber seine grauschwarzen Haare und sein dichter Schnurrbart lassen ihn viel jünger erscheinen.
Mein Großvater ist sehr naturbewusst. Er würde zum Beispiel nie ein chemisches Medikament benützen, sondern er liebt natürliche Heilmittel wie Tees oder Kräuter. Vermutlich war er auch deshalb noch nie ernsthaft krank.

Zu seinen Lieblingsbeschäftigungen gehört sein Beruf. Obwohl er schon lange pensioniert ist, arbeitet er täglich in seiner eigenen Werkstatt. Am liebsten restauriert er alte Möbelstücke und richtet sie wie neu her. Er hängt sehr an diesen alten Kästen, Truhen und Tischen und würde sie niemals verkaufen!
Sein größtes Hobby ist aber das Schachspiel. Mit einem Freund spielt er bei einem Gläschen Wein manchmal die halbe Nacht durch.
Er malt auch sehr gerne und – wie ich finde – sehr gut. Mit Freude zeigt er mir seine Bilder oder gibt mir Tipps, wenn ich zeichne.
Wenn ich bei ihm zu Besuch bin, spielen wir oft Karten. Er hat immer gute Tricks auf Lager, und es ist nicht einfach, ihn zu besiegen.

Ganz besonders schätze ich an meinem Großvater seine positive Lebenseinstellung. Er ist immer humorvoll und freundlich und hat noch niemals über etwas gejammert. Wenn ich bei ihm bin, kann er stundenlang über lustige Streiche erzählen, die er als Kind erlebt hat.

Ich habe meinen Großvater sehr gerne und freue mich jedes Mal darauf, wenn ich ihn besuchen kann. Ich hoffe, dass ich später auch so optimistisch sein werde wie mein Opa.

***

Für Franzl war sein Großvater, der Leitnerbauer, zeitlebens ein Vorbild geblieben und er war ihm wirklich sehr ähnlich. Und auch Franzl feierte noch rüstig und in guter geistiger Verfassung seinen 99. Geburtstag, also seinen Eintritt ins hundertste Lebensjahr.

Doch im November 2006 erkrankte er an einer Lungenentzündung, von der er sich nicht mehr erholte.
Im Dezember 2006, zwei Monate vor seinem hundertsten Geburtstag, schlief er friedlich ein. Meine Mutter saß an seinem Sterbebett und hielt seine Hand.

Sein Spruch, den ich heute noch im Ohr habe, hatte sich bewahrheitet: „Jede Stunde des Lebens bedeutet Kraft, die letzte Stunde bedeutet Frieden.“

Franzl mit seiner Frau Julia und
den beiden Kindern Stefan und Annemarie

Franzl mit 85 Jahren

Enkelin Susanne beim Kartenspiel mit ihrem Opa

Erinnerungen an Südtirol

In der Stube auf der „Oberen Leite“ um 1912

Besuch in Tulfer

Bei unserem Besuch auf der „Oberen Leite“ in den 60-er Jahren. Vom Leitnerhof stehen nur noch die Grundmauern.

Franzl mit Julia und Annemarie auf dem Anger vor dem Leitnerhof

Sohn Stefan, Franzl und Julia mit Blick hinunter ins Pfitschtal

Fast jedes Jahr fuhr Franzl mit seiner Familie nach Südtirol, um seine Verwandten zu besuchen.

Franzl mit seiner Familie in Gasteig, links seine Gotl Julie

Etwa 10 Jahre später:

Franzl, seine Frau Julia und
die beiden Kinder Stefan und Annemarie in Gasteig

Franzl besucht seine Tante Anna in Sterzing

Auf der Kriegergedenktafel in Wiesen sucht Franzl den Namen von Steffl

Landschaftsskizze

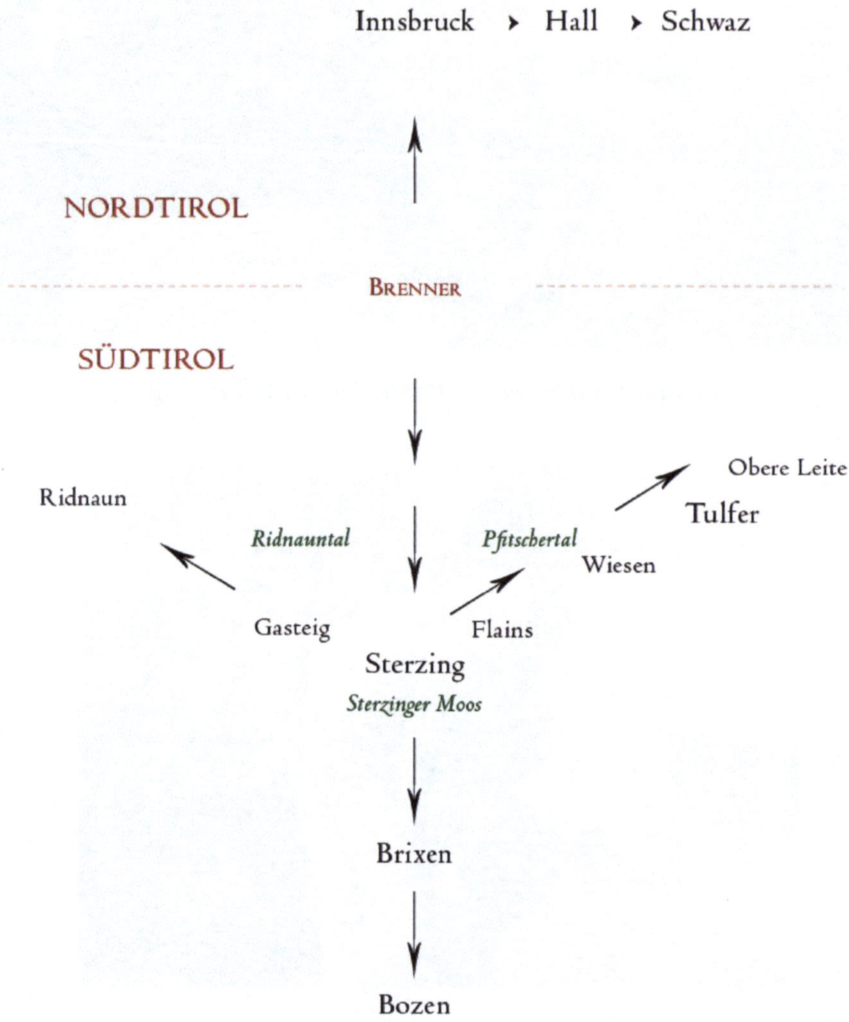

Glossar

Abort, Labe – Toilette
Batzen – Stockschläge auf die Hand
Beißwurm – Schlange
Blunzn – Blutwurst
Buggldrucker – Ringergriff
Erdäpfelwirler – einfaches Kartoffelgericht
Feitel – Taschenmesser
Fratzen – schlimme Kinder, Lausbuben
Fusel – billiger Branntwein
Fürchtscheißer – Angsthasen
Geier – Greifvogel (Adler, Bussard, Habicht)
Gerstlsuppe – Suppe mit Rollgerste
Gitsche – Mädchen
Gotl – Patin
Gstanzl – heiteres Spottlied
Hallodri – Taugenichts
Höllawachl – Teufel
Huangart – Gespräch mit Freunden
Juchitzer – Jauchzer
Keschtn – Kastanien
Kind ausstatten – ein Kind in Pflege geben
Klampfe – Gitarre
Lauser – Lausbuben
Linnen – Leinen
Milchpapperl – Säuglingsbrei
Muas, Melkermuas – bäuerliches Milchgericht
Nandl – Großmutter
Pfaffe – Geistlicher
Plentn – Brei aus Maisgrieß
Schnäuztuch – Stofftaschentuch
Schweinigl, Sauniggl – Schimpfworte
unwohl sein – menstruieren
vermaledeit – schlimm
Walscher, Tschinggeler – Bezeichnung für Italiener
Watter – Kartenspiel

<u>Danke sage ich:</u>

- meinem Mann Toni für seine Unterstützung und Hilfe. Er stand mir stets mit guten Ratschlägen zur Seite, führte viele Gespräche mit mir und spornte mich an, dieses Buch zu schreiben;

- meiner Tochter Susanne, die meine Texte las und begutachtete und sich mit vielen Erinnerungen an ihren Opa einbrachte;

- meinem Bruder Stefan und seiner Frau Angelika für ihr Interesse und ihre wertvollen Feedbacks;

- meinen Nichten Laura und Leonie, die verschollen geglaubte Fotos wiederentdeckten und die - gemeinsam mit meiner Tochter - den Anstoß für dieses Buch gaben;

- dem Landesmuseum Bergbau für die Zurverfügungstellung der Fotos der „Riesin von Ridnaun";

- den MitarbeiterInnen des Buchschmiede Verlags für die Covergestaltung, die graphische Darstellung und für die freundliche Unterstützung und guten Ratschläge.

Fotonachweis:

Seite 166/1	Sjef Handels
Seite 166/2	Glenn Blackman
Seite 179	Sabine Holaubek, Photodesign

Seite 43 - Zur Verfügung gestellt von:
Archiv Landesmuseum Bergbau – Museo Provinciale Miniere

Fotobearbeitung:

Cover Foto	Sabine Holaubek, Photodesign
Seite 28	Sabine Holaubek, Photodesign
Seite 66	Sabine Holaubek, Photodesign
Seite 81	Sabine Holaubek, Photodesign
Seite 91	Sabine Holaubek, Photodesign
Seite 134	Sabine Holaubek, Photodesign
Seite 156	Sabine Holaubek, Photodesign
Seite 159	Sabine Holaubek, Photodesign
Seite 168	Michael Herczeg
Seite 170	Sabine Holaubek, Photodesign
Seite 171	Sabine Holaubek, Photodesign
Seite 172	Sabine Holaubek, Photodesign
Seite 173	Sabine Holaubek, Photodesign

Verwendete Literatur:

„Die Riesin von Ridnaun“ von Samantha Schneider, Inga Hosp,
Edition Raetia ISBN: 978-88-7283-157-1

„Der hohe Preis des Friedens, Geschichte der Teilung Tirols. 1918-1922“ von Marion Dotter, Stefan Wedrac
Verlag Tyrolia ISBN: 978-3-7022-3711-0
Verlag Athesia ISBN: 978-88-6839-360-1

Annemarie Parth, Jahrgang 1951, wurde in Schwaz in Tirol geboren. Sie ist verheiratet, hat eine Tochter und unterrichtete als Lehrerin für Deutsch, Geografie und Biologie.
Sie liebte es, wenn ihr Vater von seinen Kindheitserinnerungen erzählte. Es waren Geschichten aus dem wahren Leben, manche zum Schmunzeln, andere traurig und ergreifend.
Ihr Vater fuhr mit seiner Familie immer wieder zu seinen Verwandten nach Südtirol, besuchte die Schauplätze seiner Kindheit und hielt den Kontakt zu seiner Heimat aufrecht.
Nach der Pensionierung setzte Annemarie Parth den lange gehegten Plan, ein Buch über die Kindheit ihres Vaters zu schreiben, in die Tat um.